宫泉激　著

美利坚纪事

中国海洋大学出版社
CHINA OCEAN UNIVERSITY PRESS

· 青岛 ·

图书在版编目（CIP）数据

掬一捧清风明月回故乡：美利坚纪事/宫泉激著.

—青岛：中国海洋大学出版社，2017.11

ISBN 978-7-5670-1544-9

Ⅰ.①掬… Ⅱ.①宫… Ⅲ.①散文集－中国－当代

Ⅳ.①I267

中国版本图书馆 CIP 数据核字（2017）第 205021 号

出版发行	中国海洋大学出版社
社　　址	青岛市香港东路 23 号　　邮政编码　266071
出 版 人	杨立敏
网　　址	http://www.ouc-press.com
电子信箱	2654799093@qq.com
策　　划	徐永成
责任编辑	郭利　　　　　　　　电　　话　0532－85902533
印　　制	青岛海大印务有限公司
版　　次	2017 年 11 月第 1 版
印　　次	2017 年 11 月第 1 次印刷
成品尺寸	170 mm × 230 mm
印　　张	14.25
字　　数	200 千
印　　数	1～1 100 册
定　　价	32.00 元

发现印装质量问题，请致电 18661627679，由印刷厂负责调换。

掬一捧清风明月四故乡

阎凡路 题

◎ 新华社原副总编阎凡路为本书题写的书名

◎作者与孟广春先生在洛杉矶好莱坞城

◎作者与尼尔·麦克格雷格教授在堪萨斯城

◎ 作者与夫人、孙女在密西西比河畔

◎ 作者与夫人、孙女在美国国会图书馆

◎ 作者夫人赵淑英带孙女参观哈雷摩托车厂

◎ 作者儿子钦镞

◎ 作者与夫人、儿子、孙女在堪萨斯大学校园

◎作者手迹

大時代風起雲湧於人無慮滄海

兒子欽欽句 父親書之

掬一捧清风明月回故乡

清晨的月亮是冷峻而明澈的。

那天清晨,我依旧沿着经常走的溪边小径散步,好奇之下抬手摘了一片树叶,不料却沾了一手叶面上的绒毛,便不由得下到溪水平静处准备洗一下。这时,我看到了澄明水中月亮的倒影,脑海中蓦然跳出"举杯邀明月,对影成三人"的古老诗句。当然,此刻我没有酒,也就省得"举杯",只有洗手了。

在异邦的土地上生活,思乡之情无时不在。而临溪赋诗,对月伤怀则古已有之。在美国,我常常在散步的时候停下来,望着天空的白云缭绕,看着白云间明月的东升西坠聊发奇想。我想月亮每天都从我国走过,经过我的家乡和我曾经的地方,如果可能,多么想让其把我的思念之情带给国内的亲友,把亲友的深情厚谊给我带来。我还想月亮是人类所共有,而月亮上面广寒宫里那寂寞的嫦娥,硕健的吴刚,还有那只可爱的小兔子,却早已落上了中国"户口",属于"中国籍",在世界人民的心中烙上了"中国印"。

我经常默默诵读苏东坡那"明月几时有,把酒问青天"的佳句,也反复诵读他那前后《赤壁赋》,往往就特别关注其中"且夫天地之间,物各有主,苟非吾之所有,虽一毫而莫取。惟江上之清风,与山间之明月,耳得之而为声,目遇之而成色,取之无禁,用之不竭,是造物者之无尽藏也,而吾与子之所共适"的华章。由此,也生成了本文的思路。

苏东坡的这几句话颇意味深长。他先说了"天地之间物各有主",继而说"苟非吾之所有,虽一毫而莫取。"这本来足可以发人深省了。可他又接着说了"取之无禁，用之不竭"之"惟"，便是"江上之清风，与山间之明月"。他把"清风"、"明月"物化了，而这"物"又极其特殊，极其扑朔迷离。无色无味，无影无踪，对谁都无多无少，与谁也无争无讼。而此刻的我，除了看重其澄明淡远的品格之外，还因其无疆无界，无家无国，便省去了"报关""安检"的许多麻烦。自然的"清风""明月"就是这样，而此时在我的理解里，苏大学士真正所指的一定不是完全自然意义上的"清风""明月"，他把虚无缥缈的"清风""明月"比作了情肠百结的千古文章，让自己飘忽的感觉、坦然的情怀变为可以捉摸的客观实在。因为他会写，而且能够写得风生水起，浪卷波飞……

做文章，似乎是古今文化人的"癖好"，往往会随手把对客观事物的反应连同自己的主观理解写成文章加以记录。此种文章大致可分为两类，一为随俗，一为抒怀。随俗是要看人脸色的，而抒怀却直抒胸臆。看看那千余年前的苏东坡，因"乌台诗案"流放到黄州，也依然没事人似的写他的文章作他的诗词，当然也没忘了喝他的茶饮他的酒，侃他的天。习惯使然，写文章的人往往总在注意发现和捕捉新的写作题材。当新题材进入视野并经过深思熟虑之后，又常常会不舍昼夜地使之成篇，把那些反映和理解固化起来。在异国他乡，接触"陌生"比较多，陌生就是"新"，而把自己感到"新"的东西写成文章介绍给自己的朋友、自己的读者，行之以文并分之以享，也算是尽一点自己认为的责任。实际上，希望得到"新"也是世人常有之情，通过接触各种"新"而生发自己新的感慨，新的情怀，也直接或间接丰富了各自的人生。孔子说："有朋自远方来，不亦乐乎？"这个"乐"或许也包含了这"朋"自远方所带来的"新"。有朋自远方"归",不亦然乎?

在此之前,我曾写过一本关于美国风情的《堪萨斯小镇的圣诞》,出版之后反映还好。有人说读了之后就像自己亲自到了美国;也有的说就是到了美国也看不了那么细致,不会知道那么多,也不会有那样的感受。我的几个知交则说,赶快再去写吧,写回点春夏秋的绿色和暖意,不能只让我们看那冷冰冰光秃秃的冬天。儿子告诉我,他一位读大学的朋友说,她的写作老师作为范本向学生推荐了那本书,说"这种笔法很可以借鉴"。这样的信息让我感到欣慰,因为自己的作品得到了读者的认同。此时借着对"清风""明月"的理解再写一个"续篇",似乎并不为过。

我不敢说我"会写",但可以说"我能写"。住在美国的时候,有充裕的时间和精力,基本上是想看哪就看哪,既可以出门旅游,看那些知名景点,在既定的时间里来去匆匆,浮光掠影,看个大概,尽了"到此一游"之心便"打道回府";也可以拣一个比较中意的地方小住,对当地的风土人情细细品味。"大而华""中而腴""小而乖",远近高低,粗精微宏都能够涉猎。如此,我的所见所闻,所思所感就可以更加"个性",奉献给读者的也许会更加"富美"。

那么,这个看,这个了解该定个什么说法?作家、诗人深入实际了解生活叫"采风",记者到现场了解情况叫"采访",而我要写的体裁是散文(或称游记),则属于纪实文学的体裁,这便既有记者的"纪实性",又有作家的"文学性",应该怎么表述?情急之中,权且临时抱佛脚,从王维的《相思》"劝君多采撷,此物最相思"句中抽出个词儿来凑数,自作主张把"清风""明月"的收集叫作"采撷"。

为了这一捧"清风"和"明月"的"采撷",我从美国的西海岸走到东海岸,看"海上生明月",采海上的;从川泽平原到冈峦壑谷,看"热风吹雨洒江天",采内陆的;从乡村到城市,采社会的;从山巅到河流,采自然的;闲下来还要查查资料,采档案库存的;抖搂一下自己的生活积累,采心中关照的等等,并随时把眼见、耳闻和脑子思索的记录下来。所有的那些"采撷",都是从关注人类共同生活,共同的生存环境、条件、理念、风俗等方面出发去观察和发现,没有那么多所谓的"意识形态"和习俗偏见,也没有什么预先设定的条条框框,心情平和而端庄,把握的原则是"韩信将兵,多多益善"。

"采撷"拢来,自然还要选择。就像挖野菜,挖的时候是见着什么挖什么,"挖到篮子里就是菜",回到家再细细分拣、归类,把可以使用,能够变为"成品"的保留下来,作进一步加工整理,使之成为可"掬"的"清风"和"明月"。这实际上牵扯到写作技巧方面的"材料取舍"问题,属于做文章的"老生常谈",无须赘言。只是有些方面还是要在此特别说明一下的。

譬如,不够料的,不作。古往今来,在写作上都认同"言而无文,行而不远",而"有文"与"无文"总是在于作文者的水平,何况这文与不文又没有量化板刻的标准,往往是仁者见仁,智者见智,更何况对我的水平来说,"有文"与"无文"此刻也就这样了,临时的欲添欲减都不会有特别明显的效果。需要说明的是我在此把握的却要"有事可记"。按照我几十年的写作习惯,除了重视那个"文"之外,还特别重视"事"。因为我认为言而无事的"行而"同样也不会远,在"远"与"不远"的程度上,这个"事"比那个"文"还更加重要。而有的"文"还需要通过事才能够"文起来"的,没有事你到哪里去"文"呢? 我到过联合国大厦。碰巧那是个星期天,正门没有工作人员进出,门外平时飘扬的各国旗帜已经降下,可以进入参观的只是一个旁门,而那里面可看的只有一个很小的图片展厅,此外就是一个销售书籍和其他小纪念品的铺面。所以,本来这"举世瞩目"的地方是应该多费些笔墨写写的,却因为没有太多"鲜活"的东西而构不成篇章,只用作别一篇的背景材料一笔带过。

譬如,不入眼的,不写。既然已经叫出了"清风""明月",内容就一定要是愉悦的、轻松的、清新而明丽的。有的略有深沉也是因为题材本身就存在,写出来只是把其固有的内涵加以表达,并没有刻意雕琢,只是尽最大努力去追求如"清风""明月"一样的清和与醇美。那篇《"911"废墟上的建设》绕不过去的背景,写了恐怖制造者的罪恶,只是作一次对和谐世界、对人类良知的思索;《政客惹出来的话题》引用材料不令人愉快,仅仅为提请"某种人"作以反思;《中国大妈的尴尬》则彻头彻尾是开了个玩笑幽默了一把。而其他如看到有人在不遗余力地抹黑自己的祖国,有人不分场合大言不惭地耀富炫贵,在同胞面前作态矫情等等难以入眼的言行则一概排除在笔墨之外。《孟子·万章下》有"目不视恶色,耳不闻恶声"的话,我在这里也算是作"笔不涉恶态"吧。更何况我要的是"清风""明月",本就不该有浑浊的"雾霾"掺杂其中。

譬如,不服水土的,不收。对为文的素材我自然非常挑剔,留下的都是异域风情、奇观妙景,自己认为能够让读者赏心悦目的。也不讳言有一些能够启迪心扉和可资借鉴的"他山之石"之类。虽然是采自美国,名之曰"清风""明月",却都与我国的"清风""明月"和自己心中的"清风""明月"作了一番对接和协调。对接不上或协调不谐的,尽管非常美好也下决心割爱。堪萨斯州一位大学教师有个患先天性心脏病的孩子,因为本州法律没有规定医生必须对新生儿进行先天性心脏病筛查而导致孩子错过了最佳的治疗期。为了使今后所有的新生患儿能够得到及时治疗,她无数次不厌其烦地到州立法机构游说,向州议员呼吁立法强制筛查。这件事情本身的美丽及其所传达的精神实在令人感动,也在第一时间进入了我的视野。甚至,我对此已经草成2 000多字的初稿。但是因为这事牵扯到立法,而美国的立法程序和法律体系与我国的大不相同,便没有收入本书。

　　《掬一捧明月清风回故乡》的写作，除了对材料下功夫精挑细选之外，还要进行精益求精地写作和反复修改自不必说，要说明的是我儿子对此的"无私奉献"。他在教学之余要陪伴我，要给我开车，要当翻译，要联系他的朋友、同事和其他相关的人给我介绍情况，同我一起到图书馆、资料室查阅资料等等，为我的"采撷"提供便利；每一篇稿子草成之后，他又反反复复地进行校核，除了纠正其中的讹误，补充一些有益的资料外，间或还谈一些写作笔法和文字修改方面的意见和建议。没有这样的便利，尽管"清风"照样轻盈，"明月"依旧幽美，也不是那么容易"掬"到"捧里"，带回故乡的。

　　最后还要特别说明的一点是，这本书虽然写的是美国，介绍的主要是美国的风土人情，而又以"清风""明月"喻之，却并不是独指一地一域之"清风"、之"明月"。如前所说，这"清风""明月"是普天之下的，而其"出生地"在中国宋代大学士苏东坡笔下，在中国赤壁地方的"江上"和"山中"。

　　另外，我以苏轼的语义把书中的内容喻之为掬在捧里带回故乡的"清风"、"明月"，却绝无与之类比之意。因为文章够不够得上"清风"和"明月"，只能由读者去感觉，去体味，单凭作者自己的"王婆卖瓜"是不作数的。

宫泉濑

2016 年 4 月 6 日

目　录

CONTENTS

走进美利坚
*
*

凌空飞越太平洋，欲过关防路正长。

千转百回通过去，出门依旧是骄阳。

2014年3月12日上午，侄儿钦辉开车送我去青岛流亭机场，搭乘去上海的飞机，然后转机去美国看儿子。候机的时候，收到《时代文学》杂志编辑朋友的短信，说我那篇散文的标题《姜副委员长与我说文史》文学味不足，让换一篇。我答应之后便登上了飞机。在几千米的高空，经过多次肯定—否定—肯定，翻来覆去的思考，思绪走过了从朴实到豪放的过程，最终琢磨出一个觉得还算过得去的标题——《记忆，跨越历史的天空》，完成了一次"天马行空"的文字之旅。后来散文就按此标题发出来，读者评价还好。

在上海浦东机场办理出境手续的时候，验过相关证件之后，还要填一张表格。表格要的内容并不复杂,可是到达美国的那个详细地址却填不上了——因为我原本认为到时有人接机,有没有地址并没有什么关系,所以压根儿就没想也没记。但这是机场出入境管理的必需内容,没有是不放行的,这就不能不让我心急如焚了。当时是下午 4 点多钟,儿子所在的美国中部时间是凌晨两点,还是人在梦乡的时候。我紧张得有点出汗,紧急调动所有可以找到的亲友向美国方面联系,好在儿子可能正醒着等我登机的消息,很快告诉了地址,总算有惊无险,填好表,走人。

晚上 8 时许,我登上美联航 UA878 次航班,经过近 12 个小时飞行,于美国当地时间 12 日下午 4 时许,降落在洛杉矶国际机场。由于我腰椎患骨质增生,不知是压迫神经还是压迫血管影响血液循环,反正走路时间一长,两腿就麻木得走不动了。儿子知道我身体的状况,加上年龄偏大又语言不通,便在给我订机票的时候一并在航空公司预订了轮椅服务。他告诉我说,下了飞机离通关的地方挺远,为了防备你的腰腿麻木影响走路,就坐一会儿轮椅吧。所以,当我拖着手提箱刚出飞机门,就见旁边站着三个推轮椅的中年男子,其中两个轮椅已经坐上了人。我走过去,剩下的那位便喊出我的名字:"QUANJI GONG"。我坐上了轮椅,那人把我的行李箱放在座位下面推着我便走。本来,我是从来都羞于接受这种服务的。以往在旅游景点,那么多可以抬人走路登山的"滑竿"在兜揽生意,也有那么多人坐在上面让人抬着晃晃荡荡地志得意满,我却一次也没有坐过。不是心疼要付的那几个钱,而是见不惯那种高高在上、自命不凡的"南霸天式神气"。因为我那腰腿麻木只是"阵发",还曾被人戏称为"阵发性残疾人",不"阵发"时跟正常人毫无差别。这次,本不是残疾人的我却坐上了只有残疾人才应坐的轮椅,心里还是感到十分不安,便想趁麻木还没有"阵发"的时候自己多走一会儿。或者,我自己推着轮椅走也行。但那推轮椅的人却只管把我按住不让动,意思是让我安心坐好，一切都由他来做。

　　我坐在轮椅上，推轮椅的人走的是特别通道，与正常旅客并不走同一条路。尽管那通道比较狭窄却就近便捷，上下电梯开关自如，一些关口还有专人值守引导。在这条通道上，可以看到窗外远处的青山绿树，近处开阔的停机坪和跑道上，泊着及欲飞或欲降的飞机，在蓝天白云的映衬下皎洁淡然，素雅悦目。我思考着眼前所处的境况，想到自己自然不是严格意义上的残疾人，只是一时身体不适，儿子细致的孝心和航空公司的周到服务，倒有机会体验了一次美国空中客运系统对残疾人的周到服务。

　　有人说，美国是残疾人的天堂，这是有道理的。美国的残疾人可以出入和享用几乎所有正常人使用的场合和设施。1954 年，艾森豪威尔总统签署法令，将残疾人纳入社会保障体系；1990 年，美国国会通过了《残疾人法》，各州也制定了相应的法规，尽最大可能让残疾人能够与健全人一样生活在同一个社会里。在保证残疾人过上较宽裕生活的同时，全社会也在各个方面为残疾人提供便利。一般来说，残障者本人及其配偶、子女每月均可领取由政府提供的相当数量的基本生活保障金；享有同健全人一样的上学、就业和参加各种社会活动的权利；学校、商店、饭店、图书馆、体育馆、影剧院和工作单位等公共场所都为残疾人提供无障碍设施，都设有残疾人专用的停车位和专用厕所座位；学校大型教室和影、剧院还有专门安放和固定轮椅的一排座位，供需要的学生和观众使用。购物超市备有专门适宜于残疾人使用的电动购物车；街道十字路口装有过街红绿灯按钮供残疾人使用；公共建筑物的厚重大门都有残疾人用的按钮帮助他们自动开门，等轮椅通过后又会自动关上。电梯的按键也安装得高低适宜，楼层有盲文标记；坐轮椅的残疾人需要乘公交车时，平时收拢的踏板就会降到与地面平衡，把轮椅和人安全地送到车上，车上还有固定轮椅的安全铰链；甚至游乐园里的过山车和海盗船等处的入口都有专供轮椅上下的升降机。残疾人自己的汽车和车牌也都有特别标志,下车后需要乘轮椅行走的,如果没有人陪着,车上一般就装有机械臂,平时把轮椅放在后车斗里,停下车就启动机械臂把轮椅移到眼前,下车后很方便地自己就坐上了。残疾人的停车位也是有特殊标志的,平时这种车位即便空着而一般车位挤得没有地方也不能随便占用。健康人的车停在残疾人的车位上是要受处罚的……这些,都从各个方面给残疾人以生存的便利和心灵的慰藉。

其实,除了像我这种"阵发"、"间歇"甚或"偶发"的残疾,每个人在一生的经历中一般都可能有。如一时的不慎伤了身体的哪个部位,治疗康复期间就会深深体会到身有残疾的痛苦和不便。孟子说:"老吾老以及人之老,幼吾幼以及人之幼。"这时我想还应该加一句:"残吾残以及人之残。"这不是牵强,而是实在。对残疾人,整个社会应该不仅是同情,更需要尊重;不仅要为之提供生存的便利条件,更应该给以做人的尊严。这种意识,不应该仅属于一域一族,而应该属于整个人类。那种歧视残疾人、戕害残疾人,变着腔调讽刺挖苦残疾人的人,尽管其肢体齐全,精神却早已残疾了。而精神的残疾与变态却比身体的残疾不知要可怕多少倍。

在国内,我曾多次注意到许多公共建筑和公益设施等并没有修筑使轮椅顺利通过的通道,停车场也没有专供残疾人停车的车位。更令人想不通的是,许多城市人行道修建的"盲道"却被"未盲"者或停了车,或摆了摊,或存了货,总之是想堵就堵,想断就断,没有任何限制,随便得很,以致"盲道"成为徒有虚名。而阻断盲道的人不仅受不到任何制约,还一个个心安理得,没有丝毫羞愧,不能不让人心寒齿冷,感慨万千。

我们终于走到通关的台前,负责办理入关手续的海关人员认真而详细地查问,对于我这不通英语的人来说又有了语言障碍。同样,那个海关官员也不懂汉语,这时我们的耳朵和嘴巴都同时变成了"残疾"。为了克服这种"残疾"带来的不便,他们在旁边专门安排了翻译,使双方即刻又都变得"健全"起来,让我顺利地通了关。到了提取托运行李的地方,轮椅服务员依然不让我下来,只让我坐在轮椅上指认。取过行李,放在行李车上,他一手推着我,一手拖着行李车,一直送到6号出口。我付给了他辛苦费,又把带的崂山名茶——"鳌福绿茶"送给他一盒,并告诉他怎么冲泡,怎么饮用,便握手告别。之后,我登上了来接我的车,向远方驶去……

在美国还没有落脚,便对残疾人事业发了这样一通感慨,似乎令人不可思议。不过"情动于中而形于言",在有感而发之时记下自己的思考也在情理之中。在写这篇文章的时候,国内正在举行中国残疾人福利基金会成立30周年纪念会(2014年)。中共中央总书记、国家主席、中央军委主席习近平致信祝贺,并向全国残疾人及其亲属表示问候,向残疾人工作者表示敬意;中共中央政治局常委、全国政协主席俞正声出席并讲话。相信,我国的残疾人事业在党和政府及社会各界的关心支持下,在全国人民的自觉意识和自觉行动的不断提高中一定会越做越好,广大残疾人也一定会越来越幸福的。

伯伯小心，别踩了蜗牛

＊
＊

唧唧不复旧唧唧，今是生灵古是机。

现代生活机器外，和谐世界共珍惜。

　　洛杉矶坐落在纵贯北美大陆的落基山西麓，太平洋的热暖气流和沙漠气候使这里一年四季几乎感觉不到寒冷。初春时节，洛杉矶已经芳草蔽野，绿树成荫了。高高低低，疏疏密密的鲜花碧草美不胜收；簇拥的三角梅，硕壮的曼陀罗，飘飞的蝴蝶花，昂扬的太阳鸟花，还有盛开的月季、玫瑰和许许多多叫不上名字的素娇红艳令人目不暇接。最抢眼的是那些遮天蔽日的古树和直上云霄的棕榈，仁立在街边、路旁、公园与各式各样的公建民居之间，交相辉映，错落有致。

　　落基山重峦叠嶂，高低起伏，逶迤延绵地向远处延伸，而黛青的峰巅与飘飞的白云连在一起，挥挥洒洒，看不出是云在飘，还是峰在动。我曾从落基山的东麓上过山顶。那是一个严寒的冬季，莽莽苍苍，冰天雪地。儿子开着他那肥硕的轿车，从丹佛市的一个路口蜿蜒爬行而上。一路上高大的松树不停地抖落着枝叶上厚积的白雪，时不时就形成了一堵路障。当终于到达峰顶，头上晴天丽日，眼前辽阔的雪野，高低错落的建筑群，令我情不自禁地想起了毛泽东那"北国风光，千里冰封，万里雪飘"的豪迈长调。下山的时候，城里已是万家灯火了。想想那次是在山上看城，而这次，则是在城里看山，也便别有一番感慨。近前的山坡，山火过后的灰烬不时被风旋起，飘出团团黑雾。接机的是我的老朋友——春节前就来到这里的孟广春老弟和在这里读书的晚辈孙浩。这虽是事先约定，不像不期而遇那样惊喜，却依然还是"他乡遇故知"。想想人生，不期而遇之事虽然难得，偶然凑巧也是有的。2004年我客居北京，早晨散步走过人民大会堂东门外，鬼使神差般地想起了家乡的朋友吕通华，便顺手拨通了手机，问他在做什么。他说来北京了。我以为他在开玩笑，便问他现在哪里。他说正在天安门广场看升旗呢。这会儿我就更不信了，升旗的地方离我近在咫尺，这怎么可能？但我还是认真问了他在哪个方位，说一会儿我过去找他。这会儿轮到他不相信了，似乎不情愿地把所在的大体位置跟我说了。这时国歌已经奏响，观礼的人群在翘首瞩目国旗的冉冉上升。待向国旗行礼毕，我急忙赶过去找他，结果还真是找到了。这意想不到的相会让我高兴之余又想起了前面那句流传千年的古话。在国内尚且如此，何况这次是在异国的城市！我此行的安排是在洛杉矶小住，一来借此会会久违的朋友；二来，也是作为一个驿站，中途歇歇脚，消除些许的鞍马劳顿，增加一些美国之旅的经历。

车子在洛杉矶市区平坦的道路上悠闲地走着。洛杉矶是美国仅次于纽约和芝加哥的第三大城市，人口密度比较大。正是下班高峰，一些路段还有点堵，但这并不影响我此刻的心情，正好借这个时间同孟老弟多聊一点别后的情怀，多欣赏一些车外的风光。孟老弟夫妇是来这里看闺女的,他的女儿孟昭蕾的家在落基山脚下一个新建的居民住宅区,英文名字叫"AZUSA ROSEDALE"。这是一个比较大的住宅区,进出的车行道、人行道都是水泥抹面,平平的,却也"毛毛"的,据说主要是为了防滑。室内和室外供居民活动的公共设施都比较齐全。一家一户的住宅都是二层的单体建筑,面积大小不一,楼下带有车库,房顶的朝阳坡面上装有太阳能发电装置。房与房之间距离比较近,朝向各异,构造有别,特色独具。开阔的公共绿化依地借势种植着奇花异木,成片成片碧绿的草坪整得就像刚理过发的小平头,没有一丝长,也没有一丝短。

孟昭蕾是几年前来这里读书的,毕业后就留下来,已经适应了这里的生活并结婚成家。现在他们的孩子已满周岁,正蹒跚着,咿呀着绕着桌椅来回逛悠,是那样的天真可爱。他们家中布置得淳美朴厚,落落大方又方便实用,虽然充满着异国情调,却也不乏恰到好处的中国元素。故乡来客更增加了屋内浓郁的中国氛围。孟老弟夫人邓琪琳早已包好了饺子,用具有胶东特色的烹饪方法并略加了美国辅料,做了满满一大桌珍肴美味。热情的广春老弟拿出早已准备好的当地上好的葡萄酒斟入典雅的高脚玻璃杯,共同举起庆贺这难得的异国相聚。几度推杯换盏之后,又进入了换酒的阶段,我们打开国内司空见惯如今却是出口到美国来而愈显珍贵的青岛啤酒,用家乡惯用的酒令"手把一",一瓶接着一瓶倒,一杯接着一杯地喝,一句接着一句地表达心中的祝愿与希冀,尽意尽兴。

洛杉矶的夜晚是宁静的。喝完接风洗尘的美酒,吃过丰盛可口的晚餐,我们一起走出屋门,踏上草坪间窄窄的甬路走着,聊着,浏览着柔和灯光下的小区夜色。带着几分酒兴,周身似乎感觉环绕着"绿岛小夜曲"的情调。说话间,只听走在后面的孟昭蕾提醒说:"伯伯小心,别踩了蜗牛。"我吃了一惊,意识里立刻就出现了小时候暖湿天气里随处可见的那种脊背上始终驮着个小屋子到处爬行的

"蜗蟾"（胶东地方土名）。大人经常提醒说，离远点，别让它"毛着。"是说让蜗牛的触角盯上（"毛着"）是会中毒的。我们小伙伴对此并不以为然，常常不是拿着细草棍逗它，就是捡起小石头，砸得其血肉横飞，借以获取懵懂期儿时的一点乐趣。此刻我低头一看，几只蜗牛正在脚下蠕蠕而动，意识里还仍然怕它随着鞋子爬到身上。借着灯光，我们还看到了蚯蚓、蝼蛄、飞蛾、蚂蚱以及其他夜间出来活动的小生灵。以此为题，我们便聊起来关于生态、关于环境和关于野生生物保护的话题。

孟老弟做过政府官员，管理过机关事务和企业生产经营业务，还是个自然保护主义者，走到哪里都对生态环境十分关注，对动植物有着浓烈的怜悯之心。来到美国之后，当然就对这里的生态状况特别关注。他告诉我说，等到白天，你可以时不时看到蹦蹦跳跳的青蛙，探头探脑的蜥蜴，盘绕蜿蜒的长蛇。在这里，人与其他生物是和谐相处的，不论动物怎么活动，怎么闹腾，怎么令人不耐其烦地无可奈何，人们都会习以为常地任由它们，容忍它们，还会自觉地纵容呵护它们，拯救它们。他说他们一家人到海边玩，经常会看到各种海鸟成群结队地在头顶盘旋翱翔，穿梭似地在身边飞来飞去。有一次一家人在大排档吃螃蟹，刚剥出的鲜嫩蟹肉正准备喂给孩子，冷不丁一只海鸥扑啦啦飞来，强盗似地生拉硬拽，生生从手中给叼走了，紧随其后的其他鸥鸟还叽喳地乱叫追逐着与之争抢。还有一次他正坐在海边怡然自得地垂钓，两眼巴巴地盼着鱼儿上了钩，可是刚一起竿，钓到的鱼还在鱼线上蹦跳挣扎，一只大嘴鸟竟然俯冲而下，连鱼带钩一下子就给啄了去，转眼间就飞得无影无踪。鱼竿上只剩下一根空荡荡的鱼线在晃悠……

我忽然说，怎么会有这样的事情啊？这么恶作剧，为什么不采取一些驱离、遣散的措施呢？孟老弟说，这正如人的性格，每一种物类都有它的天性，这是生物的多样性决定的。人类不能因为自己厌恶别种生物的天性就依仗强势硬去改变它,作践它,扼杀它,而应该理解它,顺应它,与他们和谐相处。也许因为这里的人已经习惯了它们的这种天性,而且把它们的天性当成生活中不可或缺的情趣,没有了反倒觉得生活中少了些什么。是的,我后来在康科迪亚,在一个雨后的早晨里散步,走在一个高尔夫球场旁边的人行道上,远远就望见一个圆圆的物体四肢支撑,头一仰一缩地在马路上蹒跚而行,近前看却是一只硕大的鳄龟目中无人似地踱着绅士般的方步,任你人来人往,自管我行我素,方寸一点不乱。这时,前后已经停下几辆赶早上班的车辆,一直等到这尤物慢腾腾地通过,消失在路边的密林高草之中才继续前行。

孟老弟接着还说了自己看见的在海边拔草的老人。那些老人几乎每天都来,每天都在拔那些生长茂密的野草。据说那些野草是一个外来物种,泛滥开来将会影响其他物种的生长,破坏这里的生态平衡。问他们为什么不用除草剂灭杀,他们回答说,用除草剂会污染土壤,荼毒生灵,破坏生态,还是用手拔的好。他们有时还不忘戏谑地说,中国现在不是在流行"手工"崇拜吗?我们也是在这里做手工呢!

由此,我想到了农药的滥用,想到了防腐剂的滥用,想到了瘦肉精的滥用,想到了三聚氰胺的滥用,想到了病毒灵的滥用……这许许多多由现代科技研发出来的成果,不是去更多地用于消除祸患,造福人类,保护自然,优化生态,却在有意无意中加重了对人类的戕害,对自然的损毁,对生态的破坏。

这是为什么!是良心的泯灭?是私欲的膨胀?是管理的失控?是利益的交互?还是其他?或许,这些因素都有;或许,谁也没想也不愿意去承担什么责任……

好莱坞的星光大道

*

*

谁遣伟业日中天？大艺流风四海帆。

无限新波淘旧浪，才教岁岁作华年。

    说到星光大道，常看电视的国人可能很少有不知道的。曾经的那位主持人小眯缝眼和幽默诙谐的话语常常让人忍俊不禁，表演得倒也是恰到好处。而那些从星光大道走出来的唱歌新星，一个个就像新脱壳的雏鸡，或者说是"谁家有女初长成"，出现在各地舞台和各种大小场合，俨然成了"英雄豪杰"而为众多"粉丝"所追捧。

    央视的"星光大道"无疑是众多草根歌唱家的"盛宴"。虽然后来换了主持人却依然魅力不减。当然，这个节目的名字称之为"星光大道"，只是设在演播厅的一个舞台，并非真正的"大道"。而美国洛杉矶好莱坞的星光大道则是实实在在的街道,或者有可能央视的名字就是从那里翻版的舶来品也未可知。在洛杉矶这条街道两边的人行道上,镶嵌着一颗颗铜质的五角星,每颗五角星的中间都熔铸了一个著名演艺界人士的名字及其所从事的专业标志。这人行道因此便成了名副其实的"名人走廊"。现在这"名人走廊"已有 2 400 多颗这样的星星在昼夜闪耀,而争取有朝一日自己的名字也在这里占上"方寸之地",是好莱坞和各国演艺界众多明星梦寐以求的目标。

好莱坞位于洛杉矶市区西北郊,三面环山、一面临海,平均海拔 84 米;森林茂密,气候宜人。这里原是一个依山傍水,景色优美的小村庄,不知何时为一些拍摄外景的电影摄影师所青睐。以后慢慢聚集人气,经过格里菲斯、卓别林等一代一代大师级影人顺风借势推动,逐渐形成了一个闻名世界的电影名城。1887年,一个大电影厂的厂主威尔科克斯基于自己显赫的地位,以其夫人的名字命名,遂就叫成了好莱坞。1910 年,好莱坞被扩展为洛杉矶市的一个区,区域面积1 200 余平方公里,现有人口达到 300 多万。到目前,经过 100 多年的电影、电视业者的辛勤努力,虽经一次次的时移世易,风云变幻,跌宕起伏,却始终保持着世界影视业中心的地位,已有 600 多家影视公司聚居在这一影视高地。

好莱坞的星光大道从 1960 年 2 月正式动工兴建,到现在已经 50 多年了。我行走在这里,俯视脚下的每一颗星星,总想找寻出几个华人的名字。在大道的中间部位,在端庄大方的中国大剧院门前开阔的水泥地上,华裔导演吴宇森的中文签名和深深的手印赫然在目,看了着实让人生出几分惊喜和作为中国人的自豪。吴宇森 1946 年生于广州,后移居香港,1971 年进入邵氏影业公司,先后导演了《英雄本色》《喋血双雄》《纵横四海》等,在世界影坛露出头角并占了一席之地。20 世纪 90 年代初,吴宇森到好莱坞发展,其导演的《断箭》《变脸》《碟中谍》等影片获得了绝佳的票房收入,取得了巨大的成功。2002 年,他在好莱坞星光大道上留下了手印,成为第一个留下手印的华人导演。在这里留下手印和脚印的,还有玛丽莲·梦露、西尔威斯特·史泰龙等238位电影大腕,只是没见有像吴宇森那样深有寸许的印痕。继吴宇森之后第二位在中国大剧院广场上留下手印的华裔演艺界人士是中国香港的成龙,他除了留下手印和脚印外,还趴在地上留下了"鼻印"。成龙那"出类拔萃"的鼻子实在是引人注目,留下其独特的痕迹倒也合情合理。据悉,成龙曾经在此留下过手印却遗失得不知所踪,只好在十几年之后再来重按一次,成为第一个留了两次手印的人。而另外在星光大道嵌上名字的华人还有李小龙、黄柳霜等。

中国大剧院始建于1927年,是好莱坞最早的中国元素之一,由"剧场之王"希德·格鲁曼建造,高约27米,总体风格根本看不出有多少中国特色。据说那个主导建设的格鲁曼似乎只知道有个中国便取了中国这个名字,却根本不知道中国是个什么样子。因为他压根儿就没有到过中国,只凭想象建成了这所房子。这正如他们的先驱者克里斯托弗·哥伦布起步航海时只知道有亚洲而苦苦搜寻,却发现了美洲这块新大陆而以为那就是亚洲还以为到了印度,甚至自以为是地把当地的土著人称为印第安人。后来格鲁曼不远万里从中国运来两尊气势非凡的石狮子安放在大门两侧,才彰显了十足的中国气派和中国尊严。2013年,剧院与中国企业合作冠名,更名为"好莱坞TCL中国大剧院"。谈起冠名,中国大剧院管理公司首席执行官Donald Kushner说:"中国大剧院是传承着好莱坞历史的地标性建筑,也在世界影视娱乐业有着举足轻重的影响力。我们在筛选参与冠名合作品牌时有极其严格的考量,最终从来自美国和世界各地的众多品牌中选择了TCL。不仅因为TCL是一家全球领先的电子企业,其前沿的创新产品和技术能帮助大剧院实现内外设施改造和技术升级,为历史悠久的大剧院注入活力,带给全球观众尤其是年轻一代更富想象力和未来感的全新体验。更主要的是

TCL 尊重中国大剧院的历史传承,与我们一起为更好地保护人类这一共同文化遗产做出努力。"中国大剧院是好莱坞的电影工作室,也是影片首映礼的首选场所。从 1943 年至 1945 年,电影奥斯卡奖的颁奖仪式连续 3 年在这里举行。同时,将大牌明星的手印或足印保存在这里的水泥地上也是一种传统。每年,世界各地许许多多的游客来这里观光,由一颗颗星星引导着一路走来,观看那些大牌明星留下的手印和脚印。

刚参观完中国大剧院,就有一帮打扮成电影中卡通和魔怪形象的人追过来与我们合影收钱,本来无此雅兴的我们也只好无奈地赶紧付钱脱身。紧靠中国大剧院的是杜比剧院,原名柯达剧院,因为柯达公司破产,于 2012 年 5 月改由杜比公司冠名。自 2001 年底开始,这里便被定为奥斯卡颁奖典礼的永久举行地。杜比剧院有全美国最大的舞台,装潢豪华奢侈,可容纳 3 000 多名观众。我们参观了剧院和剧院周围的设施,在高处的一个平台上,凭栏眺望了远处竖立着"HOLLYWOOD"大牌子的好莱坞山。朋友告诉我,那牌子的每个字母高达 13.7 米,1923 年设置至今,已经有 90 多年了。而那 9 个英文字母原本是一个房地产公司的广告"Hollywood land"。1945 年整修时将其中的"land"去掉,只留下了前面的内容,作为装饰留在山上。洛杉矶的富人区就在那个山上的比弗利山庄,被称为"全世界最尊贵住宅区",是洛杉矶市内最有名的城中城,众多好莱坞影星、NBA 球星、世界著名艺术家和富豪争相在此购置地产。整个山庄豪宅遍地,人口约有 3.5 万,占地约 6 平方英里(约合 15.5 平方公里)。其中迈克尔·杰克逊生前居住的那座三层别墅,围栏密实的巨大院落里绿化优美,有高尔夫球场和游泳池;房中悬挂摆设着许多世界级著名艺术家的真迹和价值连城的工艺品。山庄中心的罗迪欧大道两旁店家林立,建筑各具风格,店面布置得典雅气派,名牌服饰和珠宝琳琅满目。作为世界最昂贵的购物中心,长期以来流行的话就是"买东西不要问价钱,问了就表示你买不起"。听来令人咂舌。

从杜比剧院出来,我们一行便向比弗利山庄走去。开车的孙浩因在不远处的大学读书,对此地的地理环境比旅行社的导游还熟悉,介绍得十分详尽。车子进入了山庄里面没有停驻,只是放慢了一点前行的速度,算是走马观花地游览了一下街景。这天是工作日,没有多少行人,也没见有旅行团的到来,宽阔的街道显得空旷而宁静。一条条的街道两边,遮天蔽日的大树间是藤萝或灌木织成的篱笆。穿越篱笆,能够看到里面各种风格的墙壁、门窗和别致的房顶,像一个个靓丽华贵、扭捏作态的少妇,似乎有意地抱那半遮面的琵琶。尽管,对于居住于此的大腕们来说,是在享受着一种完全不同于常人生活的物质和心理的满足,这当然是财富对事业成功的厚报。而作为众多慕名而来的普通游客来说,也不过就是看了一个与别处不同的景点,并没有太多特别的高看和过多的留恋。

不过我想,美国的这好莱坞也真行,借助生产世界顶尖级影片的辉煌,也把影城、影星、星光、星宅等等各种配套一笼统地打包在这座小城里,然后就有大把大把的金钱滚滚而来,真也可谓大牌之想。而这"一笼统"的打造仅仅不过百多年时间,足可见发现、决策、创造、坚持、完善和不断与时俱进地升华发展,是多么明智,多么卓有成效!

看到了梵高的真迹

* *

老杜身前万卷诗，秋风冷雨苦寒凄。

富豪捐富存高雅，华殿茅庐两不知。

　　我们的车在洛杉矶圣莫尼卡山半山腰的停车场停下，乘上通往山顶的小火车，很快来到了世界闻名的盖蒂中心。

　　盖蒂中心是美国石油巨子保罗·盖蒂捐资设立的，由盖蒂基金会历时十余年于1997年建成。1893年出生在明尼苏达州的琼·保罗·盖蒂，21岁时离开作为石油商的父亲，只身带着500美元外出创业。他抓住机遇买下了富藏石油的南希泰勒农场，办起了自己的石油公司，用自己的精明和勤奋打拼，到24岁时发展成了百万富翁。他相信自己能赚更多的钱，事实上命运也真正把成功赋予了他，使他连续20年保持了美国首富的地位，形成了自己的石油帝国。令人意想不到的是，身为石油巨子的盖蒂还对艺术情有独钟。在他看来，一个人只有真正热爱艺术才算是一个有教养的文明人。他说："一个不爱好艺术的人是一个没有完全开化的人。"他收购了大量的名画和其他艺术品，并于 1968 年建成了琼·保罗·盖蒂博物馆，免费对外开放。1976 年，保罗·盖蒂在临终之前，把全部 33 亿美元财产中的 22 亿捐出，建立了保罗·盖蒂基金会，基金会斥资 10 多亿美元建成了这个中心，为美国也为整个人类留下了不朽的文化遗产。

无疑，这是这位石油大王以自己的财富树立的一座回馈社会的丰碑。保罗·盖蒂中心坐落在圣莫尼卡山顶上，包括一座现代化的美术博物馆和一处艺术研究中心。中心的建筑分为东西南北四个部分，分别陈列展出 17 世纪前的油画、手稿、摄影、录像器具、影像作品及古典家具；17～19 世纪的艺术珍品和 19 世纪以后的艺术品。四个部分由天桥、楼梯和廊道相连接，一个漂亮的花园在底部衬托着整个建筑。这是洛杉矶地区一个重要的人文景观，也是艺术爱好者和建筑师们竞相往观的地方。

这座世界顶尖级的艺术中心把自然景观与人文景观、现代艺术与古典艺术完美地结合在一起。所有的 5 万多件藏品，都是盖蒂和盖蒂基金会收藏的世界雕刻与绘画艺术珍品。除此而外，还经常有新的艺术品被收购进来。近期便在伦敦的苏富比拍卖会上以 2 970 万英磅的价格拍得了英国经典绘画大师约瑟夫·马洛德·威廉·透纳绘于 1839 年的一件作品《现代罗马一疫苗场》（《Modern Rome——Campo Vaccino》）。同时，这里经常有选择性地举行一些世界级的特殊展览，为更多的艺术家和艺术作品提供展示的机会，让参观者的艺术欣赏眼界更加开阔。许多现代雕塑也被置放在室外的庭院里，与花园喷泉及蓝天白云交相辉映。

来自美国各地和各国的游客每天络绎不绝。当我们进入宏伟的展厅，先来的人已经熙熙攘攘了。我们浏览了我国清代康熙、乾隆年间的瓷器，每件都敷彩鎏金，浓绘淡写，制作精美；看到了来自欧美国家硕大的艺术挂毯和最初研发的影视制作设备。更多的是欣赏了许多艺术大师的雕塑和绘画作品。在梵高的《鸢尾花》前面，我审视良久，多角度、多侧面仔细察看了作品的整体构图，局部造型、色彩敷设和生机勃发的灵动气韵，尽情地接受这一世界级艺术珍品的陶冶。文森特·威廉·梵高是19世纪荷兰后印象派的杰出画家，是表现主义的先驱，对后世的西方艺术影响深远。不幸的是，他在1890年7月的一天，因精神疾患死于自杀，年仅37岁。《鸢尾花》创作于1889年5月，在法国圣雷米的一间精神病院里完成，是梵高为数不多的传世作品中的珍品。1988年，盖蒂中心以5 390多万美元的昂贵价格购买而来，收藏陈列于此。除了这幅作品外，展出的还有《威尼斯大运河景观》《现代罗马》《利奥尼拉公主像》《布吕夫人肖像》《七岁的阳光女孩》《稻草堆》《日出》《舞者》等顶尖级油画大师的作品。其中不乏中国国家主席习近平2014年3月27日《在中法建交50周年纪念大会上的讲话》中提到的法国画家马奈、德加、莫奈的大作。遗憾的是在这里，我没有见到中国美术家的作品，不论古代的，还是当代的。

中国，一个历史悠久而文明源远流长的国家，从古到今并不乏世界顶尖级的美术家和美术作品，而且美国的许多博物馆、图书馆、艺术馆都收藏有中国画，仅据国画大师、现当代著名美术教育家潘天寿先生于民国年间所著《中国绘画史》，就记载了《晋武帝像》《校书图》《琉璃堂人物图》《晴峦萧寺图》《消夏图》等分别收藏于波士顿美术馆、大都会艺术博物馆和纳尔逊·艾京斯艺术博物馆。还有，在盖蒂中心眼皮底下那个比弗利山庄，据说现住在迈克尔·杰克逊的故居里面的丁绍光先生，就是当今世界少有的顶尖级画家。他是国际中国美术家协会会长，美国世界美术家联盟首任主席，担任中外十余所大学的名誉教授和客座教授。他是名副其实的中国画家,1937 年生于陕西,1962 年毕业于中央工艺美术学院,毕业后任教于云南艺术学院,1980 年赴美定居。1990 年,丁绍光入选 14 世纪以来世界百名艺术大师排行榜,名列第 29 位;自 1993 年起连续 3 年被选为联合国代表画家;1995 年,联合国艺术与集邮报告提名表彰了联合国成立 50 年来 29 位当代艺术大使,丁绍光是其中唯一的亚洲人。我见过丁绍光先生的绘画作品,细腻、真实、自然、典雅,舒缓而流畅,充满着华夏文明从远古走来的文化神韵又不乏现代生动活跃的生命张力,保持着那种时空流淌的清幽淡远。我为中华民族有如此的艺术和艺术家而感到自豪。

　　我试图寻找盖蒂中心的中国美术作品,却始终也没有找到,一时竟生出些许的寥落。在怅然的徘徊中,我注意到了在有的陈列大厅还摆着桌子和纸、笔,免费供游客练习、临摹、素描。供描摹的作品或挂在墙上,或摆在靠边的立架上面。许多青年美术爱好者和少年儿童正在专心致志地作画,有的刚刚开始动笔,有的整幅习作即将完成。看他们的作品,有的显得稚拙,有的表现成熟,有的精巧,有的粗犷,都彰显着各自的意趣、心志和素养。事实上,这里不仅是世界艺术的殿堂,也是艺术培养教育的基地,许多有志于艺术的孩子和成人在这里得到熏陶、启迪和历练。从这个意义上讲,其又可以称之为艺术家的摇篮。在这来来往往的人流中,或许不知哪一个在哪一刻就成了世界顶尖级的艺术大师。

　　或许我的视觉没有更透彻地延伸,或许他们另有安排,也或许这在他们陈列展出的宗旨之外,只是我最终也不知道中国画艺术大师的作品在哪里展示。此刻,我想起了中国古老哲学中那句:"不患无位,患所以立。不患莫己知,求为可知也"的话,说的是不要担心没有自己的位子,应该考虑怎样自己立身、立世;不要担心别人不知道自己,要求自己应有足可以让人知道的本领。如此,又觉得中国的美术作品在这里有与没有并不是那么重要了,而重要的是中国的艺术家能不能够创作出足以让盖蒂中心垂涎的盖世之作来。

在盖蒂中心寻找中国画的思索中,我想起旅居美国的许许多多中国画家。改革开放以来,中国有成千上万的成熟或不成熟的画家带着不同的梦想来美国求学、进修、访问,以实现个人美好的梦想和追求。其中除丁绍光先生之外,也不乏名闻遐迩的成功人士如陈逸飞、徐耀、陈丹青等。当然也有些生计乏陈,穷愁潦倒,不得不入餐馆打工聊以糊口甚至沦落街头风餐露宿的。更不幸的还有青年画家林琳在纽约街头专心致志为人画像时,被当地小混混枪杀而死于非命。在纽约百老汇大街柔和的路灯光下,我见到过一对黑人母女正坐在一位华人青年画家的对面,母亲怀中的那个小女孩卷曲的秀发、明亮的大眼、周正的鼻子、上翘的嘴巴已经通过画家灵动的画笔,惟妙惟肖地印到了画板上。画家坐着低矮的板凳,朴实的风衣拂着地面,眼光不停地在小女孩和画板之间游走。

在中央公园,如此类似的场景也不时地出现在大路边、树荫下。这些从国内来美国的画家大部分都具有较厚实的油画、版画、水彩和水粉画等西洋画种的基础,这对尽快融入美国社会无疑是一个有利的基础条件,但每个人的艺术作品又必然或多或少地带有中国基因或元素,时不时就可能在异国他乡绘出一幅中国画来,对于传播中国文化、中国艺术无疑是积极的。尽管他们有的可能一时前景黯淡,但只要坚持下来,不懈于自己的追求,说不定哪天就会取得惊天动地的成就。梵高不也是一生贫困,靠人接济才勉强度日的吗?只是,这也需要天赋和天赐的机运。

走出盖蒂中心的艺术大厅,在外面的平台上,我们从另一个角度全景式地观看了洛杉矶城市的优美风光。几丛高层建筑在视野里清癯的倩影,像几艘雄姿勃发的舰船,荡漾在微风绿树的波涛之中。

　　远处,风平浪静的太平洋之水在夕阳的辉映之下,正泛着粼粼的光。那遥远的对面,正是我的伟大的祖国。

居家的富藏

*

*

万千钟爱聚一家，百岁人生五彩霞。

积物流年归整处，留得记忆到无涯。

洛杉矶市中心的街道主路不宽，次道更窄。在盘绕漫回的街道中驰驱，透过车窗，就可以浏览代表美国都市已经流行许多年的涂鸦壁画。

涂鸦，在中国是比喻胡乱涂抹的一种行为。唐代卢仝的《添丁诗》有"忽来案上翻墨汁，涂抹诗书如老鸦"，涂鸦一词大约就是由此而来。美国的涂鸦艺术产生于 20 世纪 60 年代后期，一些社会底层的画家为反叛权威，张扬个性，宣泄自我，并作为一种谋生手段，把理性而又遵循创作规律的信笔涂抹，创造开发成了一种行为艺术。开始的时候，这些艺术家经常在地铁、车站、广场、街头等处的墙壁用不同工具、不同颜料涂涂画画，天长日久就引起了社会的广泛关注，并且不断为大众所接受,最终发展成为一种可供人欣赏、收藏、买卖的画种。到80年代这种艺术已经盛行于全美,成为一种非常时尚的艺术门类。翻译家用汉语把美国的这种艺术译为"涂鸦",以卢仝的"涂鸦"之意来诠释这种"涂鸦",似乎有些不公。尽管如此,既然已经约定俗成,而且让人一看就知道指的是什么,也不存在故意的偏见和歧视,只好也就这么叫着了。

我们看到几面大墙上的涂鸦作品,有印象派的、有写实派的,有人物、有花鸟、有风景,也有凌乱不堪的线条。浓重的色彩和奇特的造型让人眼花缭乱,直入心扉。拐过大幅涂鸦画的墙壁,进入另一条街道,便到了此行要拜访的主人家门口。这是孟老弟亲家的家——洛杉矶市中心的一座较古老的住宅建筑。与周围的许多住宅一样,依旧保留着当年流行的那种建筑风格,协调的厦式门墙罩着宽敞的玻璃门。推门进入便是典雅的客厅,再往里就是餐厅和厨房。我们说好是来这里吃早饭的,此时女主人还在厨房忙活,男主人则在餐桌上摆置具有家庭特色的比萨。距吃饭的时间还早,孟家弟妹和闺女昭蕾在帮厨,我和孟老弟、晚辈孙浩便在昭蕾的对象小阚的引导下,逐一参观了这个庭院的布局和陈设。

这个属于中产的美国家庭看起来并不奢华,但是考虑到闹市区的地理位置,面积确实不小。原来这是三栋房子连在一起的。围在中间的是一个五六百平方米的院子。院子分成两块,与客厅后门相通的是一个花园,硕大的仙人掌、油绿的铁树和盛开的各种花朵在鹅卵石的铺垫中娇娆而奔放。另一边则被一个游泳池占去了大部分面积,清澈的池水映着蓝天白云缓缓地飘移,池底长长的管子连接着一个蠕动泵保持着池水的循环和清洁。靠院墙的地方立着几个宗教的人物雕像,一个庄严的佛头安放在中间,些微的破损处留下了精心修补的痕迹。一对石头狮子严格地按照东方那种雄左雌右的布局雄踞在侧门的两旁。院子两边相通的门,门口、门扇、门楣、门槛都雕刻着粗犷的图腾,主人介绍说这是来自东南亚国家的民俗旧物。

我们进入院子另一侧的房子,继续在主人家主楼的二层参观,楼上各个房间里,居家的生活器具诸如桌椅橱柜床铺干净整齐,错落有致;地面、墙壁和天花板色彩淡雅,自然和谐。特别令人瞩目的是墙上挂着的许许多多的照片,除了主人家的生活照之外,更多的是一个出生在洛杉矶本地的电影女明星、玛丽莲·梦露的照片,大的小的,坐的立的,静的动的,室内的室外的等等,各式各样,各种姿势,各个年代的都有。据说因为男主人一直是这位电影女明星的忠诚"粉丝",也就把心里想的变成了墙上挂的,时常可以欣赏和惦念。现在,这个电影明星早已过世,照片依然静静地挂在墙上,默默的惦念变为久久的难以忘怀。

楼下是主人夫妇花费多年改装的 20 世纪中期风格的小商店博物馆。满屋子陈列着琳琅满目的各种日用商品,货柜上摆放着各种糖果、糕点、饮料、水果、蔬菜和粮食,有真的,也有假的样品,大蒜、圆葱、辣椒等等的蔬菜标本栩栩如生,足可乱真。尤其是那筐鸡蛋,一个个都是抽空了蛋清蛋黄的蛋壳,至于这"蛋"是哪个年代的鸡下的就不得而知了。偌大的房子,历代物品条分缕析,放置得井井有条,架上摆着,柜子放着,角落摆着,墙上挂着,连梁柱也"飞上了"鸟的标本。一种种、一类类,叠台架屋,满满当当。在一个跨世纪的电话机旁,我端详了许久。这是一个木壳的电话机,木匣子的最高部位近乎 1 米,话筒和听筒分别由两条电线悬挂连着,占去了半边墙壁。我一手拿起听筒,一手握着话筒,装出打电话的样子,孟老弟随即举起了相机……

我随口说道,这实在是一个家庭博物馆啊。小阚把我说的话翻译过去,让多少年苦心经营家庭收藏而一直乐此不疲的男主人心花怒放。他是喜欢客人进入自己的陈列室参观的,让大家共同分享他对自己创意和收藏的喜悦。他呵呵笑道,是的,是实实在在的生活博物馆呢。女主人当然也有女主人的爱好,她收藏的主要是我国清朝和民国年间的明信片。她把她收藏的满满四个大相册的明信片搬出来，放在了我们面前的桌子上让我们欣赏。打开相册，一张张的明信片展现出来。这些明信片有的已经用过，上面的邮票、邮戳清晰可见；有的则是崭新的，背面的图案鲜活生动。一张张明信片，似乎都记录着一段百年旧事。有的图案，还别出心裁地用当年的邮票剪接拼贴起来，尤其显得珍贵。正翻阅着，女主人又高兴地从里间拿出来一张，乐呵呵地对我们说："看看这张，刚刚在网上从国内买来，300 美元呢。尽管比较贵，可也是越来越少，实在是不好买了。"遗憾中带着几分自豪。明信片的收集、收藏当然是一种高雅的爱好，而行业间的交流和互通有无有时也可以弥补相应的耗费。而一些善于捕捉商机的人，则连同其它古董一起，开发成了文玩生意，据说利润颇丰。

　　私家的收藏大约在各个国家、各个民族都有，根据家庭主人和家庭成员的不同爱好也就有了各种不同的收藏。收藏除了主观的爱好之外，客观上当然还是要有前提条件的。这个前提条件首先得要解决了温饱，有了闲情逸致。早年间，有兴趣做私家收藏的许多都被称为"玩家"，这个"玩家"首先就是要日子过得舒适滋润，有那个"玩的心情"和那个"玩的雅兴"。其次要地方宽敞，收集了藏品要能放得下，要有"玩的地方"。譬如孟老弟亲家的收藏，家里虽然屋子不少，可是多年的收藏已经装得满满当当，实在是进入了饱和状态。这里的地方已经"玩满了"，再要有新的藏品就需要另择"新居"。再次要"玩得专"，"玩得转"。"专"和"转"本来就是个因果关系，如果不"专"，就会造成藏品不全、不精、不真、不成体系，也就"转"不起来，勉强"转"起来也往往会贻笑大方。我国被称为"京城第一玩家"的王世襄先生出身世家，从小就玩，用他自己的话说就是"玩着学，学着玩"。他玩蝈蝈、玩蛐蛐、玩狗、玩鹰、玩鸽子、玩大学、玩收藏、玩鉴赏，一直玩成了著名学者、收藏专家、文物专家、中国文化遗产研究员、中央文史研究馆员。

而我所知道的一位款爷级的收藏家专门收藏古建筑物品,听说哪里的古建筑要拆,往往就赶紧出钱买了,一整套地"搬"过来,几年时间便"收藏"成了占地数百亩的建筑群。门面也宏阔,规模也宏大,气势也宏伟,气派也宏观,可仔细看看却是少一些文化,少一些内涵,也就少了品位。不要说场面规划得支离破碎,布局得散乱零落,就是一副牌坊石刻的对联在重新拼装成型之后,竟然把上、下联弄颠倒了,实在大煞风景。如此常识性的细微舛错,面对众多参观者的评头论足,也不知道经营者尴尬不尴尬,汗颜不汗颜。这就是"不专"进而带来的"不转"了。再其次就是要"玩得起",要有充足的资金来支持。不然,看到可以收藏的"玩品"买不进来,买进来收藏了缺乏足够的维护、保养和传承的资本,也是一件十分遗憾的事。

当然,我们今天所见到的男、女主人,却是玩得志满意得,轻松自在,坦荡醇和,神采飞扬……

丰盛的饭菜端上来了,有女主人拿手的满带中国符号的饺子、秘制酱猪蹄,还有自制的大火腿,一片片的色、香、味、型堪称佳绝;男主人最在行的是意大利比萨,还有蔬菜沙拉。看来,这老两口在研究收藏做"玩家"的同时,也收藏并"玩"着生活的享受。

生活是要高雅的,而高雅的人生追求是没有止境的。

徜徉在埃德加·斯诺的故乡

* *

忆注观今论事功，各牵思绪觅萍踪。

人情纵使寻边站，总有良知适世通。

堪萨斯城位于密苏里河与堪萨斯河交汇处，也是密苏里州及堪萨斯州交界的地方，是密苏里州最大的城市，与属于堪萨斯州的堪萨斯城相连接，是美国中部的中心城市之一。堪萨斯城于 1850 年建镇，1853 年设市，都会区的人口有200 余万。长期以来，堪萨斯城就是著名的贸易中心，是美国西部大开发时人流和物流西进的始发地，也是连结东西部商品特别是农产品的重要贸易集散地。

由于处在农牧区的中心地带，堪萨斯城是铁路交通的枢纽，大量的牲畜、粮食和蔬菜、瓜果等纷纷运到此地，经过加工整理后转而流向四面八方。也正因为如此，这里的牲畜围栏、屠宰、肉类加工和面粉工业规模巨大，大量的谷物仓库和肉品冷藏库也由此派生。农业机械、汽车装配、炼油、钢铁、铁路、车辆维修、服装、飞机发动机和印刷出版业也很发达。这里约 1/4 的就业人口从事商业活动,批发、零售和邮购业务相当繁荣。著名的美国皇家牲畜和种马博览会每年秋季都在这里举行。

这里有宽阔而整洁的街道;有透着古色与新潮的住宅鳞次栉比;有彰显现代化风格的数十层高的摩天大楼;有浩然壮观直上云霄的自由纪念碑,这是堪萨斯城标志性的建筑,象征着人们对自由与和平的崇高向往。在麦克格雷格教授的陪同下,我们浏览了这座城市主要的街道和景点。这位教授从年轻时代就长居于此,对这座城市非常熟悉,对这里的历史和文化介绍细致入微,滔滔不绝。他说堪萨斯城光公园就有 100 多处,总面积有 2 000 多公顷,我们脚下走着的斯沃普公园是全国第二大公园,也是最长的公园,但他并没有告诉我究竟有多长、多大。只是,当我向前望去的时候,看到的是那样浩渺、玄远。

初春的天气,树木还没有发芽,远处,树梢已经呈现了淡淡的绿色。草坪依然是黄黄的,踏过去鞋底的边缘常会偶尔露出绿色的嫩芽。远处密苏里河幽静的水流在下午温和的日光下闪着粼粼的光。微风似乎是带着那闪着光的水流吹拂过来,轻轻地落在人的身上,温和而湿润。大自然就像一个伟大的母亲,每时每刻都在用心抚慰着人间每一个生灵。

我们没有走到公园的尽头便进入幽深的街道,悠长的人行道并没有多少行人,让我们可以悠闲地边走边聊。麦克格雷格教授不时向我们介绍这个街区,那座建筑,那个湖泊,那片森林等等的过去和现在。在一块地方,他介绍说,这里的治安一直不那么好,经常发生偷盗、抢劫、斗殴等等的治安事件,他在这座城市当警察的时候往这个区域跑得最勤。他指着街道两边的住宅说,你看看,这里人家的门窗都还装有护栏。我们这才注意到,在这个大多数地方都出门不用加锁,住宅区从来没有看到安全护栏的国家,这里却是别有一番景象。

这座城市是美国历史上著名的"圣塔菲小径"穿经的地方。新墨西哥州的圣塔菲市形成于 19 世纪 20 年代初期。西班牙的统治从那里退出之后,墨西哥与美国的贸易逐渐兴旺起来。成千上万的开拓者从堪萨斯城以及往西不远的劳伦斯市出发,在 1 600 多公里的路程里披荆斩棘。面对荒无人烟的大漠、丛林、山野、猛兽和出其不意的印第安人的攻击,经历了数不清的艰难困苦和无数次争斗,付出了许多宝贵的生命,硬是在没有路的地方踏出了道路,到达了圣塔菲,开拓出了著名的"圣塔菲小径",成为许多年来墨西哥与美国尤其是密苏里地区最重要的贸易通道。电影艺术家以此为题材,拍出了著名的影片《圣塔菲小径》,1940 年上映后颇获好评。

游览堪萨斯城是不能不看密苏里河的。密苏里河是美国的主要河流之一,也是世界上最长的河流 —— 密西西比河最大的支流。密苏里河发源于蒙大拿州的落基山脉东坡,流经美国中西部 7 个州,到密苏里州圣路易斯以北汇入密西西比河,全长 4 300 多公里,流域面积 137.2 万平方公里,其中 6 600 多平方公里在加拿大境内。由于流域经过黄土区,土壤侵蚀严重,河水挟带大量泥沙,故有"大泥河"之称。我们来到了河边的一个渡口,浑浊的水面上停泊着几艘木船,被缆绳拴得很紧,虽是无人,也是野渡,却没有那种"野渡无人舟自横"的苍凉。登上无人的木船,溯流而望,两岸挺拔的密树,细长而瑟缩的高草,在微风中轻轻摇曳。从远处缓缓而来的河水映着夕阳的余晖,像大把大把的珍珠从天撒下,在河面不停地跳荡,涌动……

这座美丽而富有浓重的历史文化底蕴的城市,是中国人民的老朋友埃德加·斯诺的故乡。1905 年 7 月 15 日,斯诺出生在这里的一个出版印刷业主之家(堪萨斯城卫生局出生证明的日期,斯诺本人认可的是 19 日)。20 世纪 70～80

年代,我当过新闻干部,写过并发表了大量新闻文稿。在新闻业务的学习中了解和特别关注了关于斯诺的事迹,多次读过他的著作和相关文章。所以,对斯诺的印象除了他是中国人民的朋友之外,又"沾亲挂故"加上了"新闻同行"的感情。有机会到美国来,又到了他的故乡,就不能不格外地眷顾了。

斯诺就读于密苏里大学新闻系,是著名的新闻记者和作家。1928 年,他作为欧美几家报社的记者和通讯员来到中国,并在 1933 年 4 月到 1935 年 6 月间,同时兼任北平燕京大学新闻系讲师,1936 年 6 月访问陕甘宁边区。抗日战争爆发后,他任《每日先驱报》和美国《星期六晚邮报》驻华战地记者,1942 年离开中国。新中国成立后三次来华访问,1972 年 2 月 15 日因病在日内瓦逝世。遵照他的遗愿,其一部分骨灰留在中国,安葬在北京大学(原燕京大学旧址)的未名湖畔,一部分安葬在纽约哈德逊河畔他朋友的花园里。

1936 年 6 月,斯诺访问了陕甘宁边区,成为第一个采访红色根据地的西方记者。在延安 4 个多月的时间里,他采访了毛泽东、彭德怀、徐海东、左权、聂荣臻、程子华等红军领导人。同年 11 月 14 日和 21 日,《密勒氏评论报》发表了他采写的《与共产党领袖毛泽东的会见》的文稿和由他拍摄的那幅毛泽东头戴八角军帽的著名照片;1937 年 1～2 月间,上海的英文报纸《大美晚报》、北京的英文刊物《民主》以及英、美的一些报纸也相继发表了斯诺的陕北报道。其中美国的《生活》杂志发表了他在陕北苏区拍摄的 70 余幅照片,美国的《亚洲》杂志发表了他采写的《来自红色中国的报告》等。在这些报道的基础上,斯诺于 7 月份在北京写成了 30 万字的《红星照耀中国》,并于 10 月份在英国伦敦出版。1938 年 1 月,美国兰登书屋再次出版该书。2 月,中译本在做了少量增删后改名为《西行漫记》在上海出版,引起极大轰动。斯诺的一系列著作打开了一个让中国和世界了解中国共产党、了解了陕甘宁边区的窗口,消解了中国和世界许多人对中共红色政权的疑虑。

1937 年 7 月 7 日,斯诺正在北京,亲身经历了震惊中外的卢沟桥事变,亲眼看到了北平南苑中日战事的事实真相。在参加日军召开的记者招待会上,他义正词严地质问:"你们说是军事演习,为什么要在中国领土上进行? 寻找失踪的士兵为什么还要动用大部队? 为什么侵略之后不撤兵回营,反而叫中国守军撤出宛平?"一连串的提问让日军新闻发言人狼狈不堪,无法正面回答,只好仓促收场。9 月末,斯诺在上海全面报道了中国的"八一三"淞沪抗战。之后,他沿着日军在中国的侵略路线,一路采访了汉口、重庆、西安,并再一次进入延安,撰写了一系列的新闻报道。这些报道都收入到他 1941 年出版《为亚洲而战》的书中。

1970 年 8 月,斯诺最后一次访问中国。在中国居留期间,毛泽东邀他和夫人登上天安门城楼,参观了国庆节的阅兵式。此举在世界上造成了巨大反响,实际上这是中国对美国改变姿态的一种暗示,但华盛顿没能领会这个外交信号。时任美国国务卿的亨利·基辛格博士后来说:"信号太隐晦了,竟然使我们这些粗枝大叶的西方脑袋完全不得要领。"1971 年 4 月,美国《生活》杂志发表了其与毛泽东的重要谈话,毛泽东告诉斯诺,欢迎尼克松到中国来,无论以"游客"还是"总统"的身份。1972 年 2 月 15 日,美国总统访华的前 3 天,斯诺因患癌症在瑞士日内瓦的家中去世,享年 67 岁。毛泽东、周恩来、宋庆龄和尼克松等人都致信吊唁这位美国记者。

1973 年 10 月 19 日,斯诺骨灰的安葬仪式在北京大学未名湖畔举行,毛泽东、周恩来等都送了花圈,并和北京大学的师生代表一起参加了仪式。斯诺夫人洛伊斯·惠勒·斯诺携女儿茜安·斯诺出席了仪式,表达了她和家人对中国政府和中国人民深深的感谢。1977 年 12 月 13 日,叶剑英为斯诺墓题写了碑名:"中国人民的美国朋友埃德加·斯诺之墓",镌刻在墓碑之上。

斯诺故居的确切地点是默希尔路 3811 号,因为陌生的缘故使我们最终也没有能够找到。这里,我所以用了"陌生"的字眼,并不仅仅只是我的陌生,也有当地人的陌生,陌生的甚至无人听说过有这么个名字。因为斯诺在堪萨斯城、在密苏里州、在美国并没有多少人知道他。所以不用说是美国其他地方,就在他的家乡也根本没有进入名人之列。我查阅了密苏里州的知名人物录,密密麻麻的名字和事迹有的曾经震惊世界。如 1884 年出生在堪萨斯城南不远的拉马尔市,曾经长时间在这里上学和工作,也在此谢世的美国第 33 任总统哈里·S·杜鲁门。他 1945 年以副总统的身份继任在任上病故的富兰克林·罗斯福总统,下令对日本使用原子弹,加快了第二次世界大战的结束。再如科学家乔治·华盛顿·卡佛、诗人蓝斯顿·休斯、作家马克·吐温、说唱歌手艾米纳姆等等。但就是没有埃德加·斯诺这位世界级的伟大记者,这是为什么?

我最终明白,因为斯诺发表过大量的关于红色中国的报道,招致了美国国内一部分人的极力排斥,以致所有的新闻机构不能用他,所有报刊后来几乎都不发表他的文章,迫使其不得不离开生养自己的故国,背井离乡,漂泊在外,最终客死他乡。他曾在文章中感叹美国的偏见、保守和反共情绪,但丝毫于事无补。

偏见,让历史留下了如此遗憾。或许,在其他许多地方,其他人,其他事物中,在今后的许多年,这样的遗憾还会有很多很多……

美元的涅槃

*

*

览异观奇各人爱，见淂奇异乐怀开。

偶出妙想生奇异，便弄寻常作巧乖。

　　参观堪萨斯城联邦储备银行，知道了美元钞票发行和销毁的过程，使我想起了"凤凰涅槃"的美丽传说。

　　凤凰是中国神话里的鸟中之王，是人间幸福的使者。据说凤凰每 500 年就要背负着人间所有的孽障投身烈火自焚一次，换得祥和幸福之后重归人间，得以浴火重生。1920 年，年轻的诗人郭沫若写了一首题为《凤凰涅槃》的诗，使这个古老而美丽的传说进入现代。而佛教教义里的"涅槃"则是"寂灭"的意思。2014 年 3 月 17 日我到美联储下属的堪萨斯城联邦储备银行，目睹了美元的"浴火重生"。

美联储的全称为美国联邦储备系统,是美国的中央银行体系。这个体系在全国设有 12 个联邦储备区,分别为纽约、波士顿、费城、克利夫兰、里士满、亚特兰大、芝加哥、孟菲斯、明尼阿波利斯、堪萨斯城、达拉斯和旧金山。每个区各有一个联邦储备银行,并可根据实际需要在本储备区的其他城市设分支机构。

如果论规模,纽约的联邦储备银行是最大的,是曼哈顿区华尔街上一座近百年的大厦。其内部的金库是世界上最大的金库,位于地下 20 米深的岩石里面。这是一个非常神秘的地方,但是不管多么神秘,只要按规定履行手续,公众就有权利参观。由于想进入其中窥探奥秘的人太多,正常情况下往往需要提前几个月预约排号。我们是经儿子在里面工作的一个朋友特别邀请前往参观的。当我们走近入口的时候,便见到荷枪实弹的武装警卫人员肃立两侧,虎视眈眈地盯着进出的每一个人。库内电子监控系统十分健全,无论谁在里面行走,那里的"自动摄像机"都会准确地定位和记录下每一秒、每一步所在的确切位置,让监控人员一目了然。

尽管我们是受他们的内部人员邀请而来,但进入时依然需要按程序排队通过安检。之后便在解说员的引导下依次来到各个展区,看实物,听讲解,了解了许许多多过去根本没有接触的东西。讲解员介绍说,这座金库是从地面坚硬的岩石上硬凿下去的,四围没有一点泥土层。在这个凿出来的"凹槽"里,分隔成 122 个库房,最大的库房可以存放大约 10.7 万块金锭。金库 1924 年投入使用后,到目前储存的黄金有 7 000 多吨,约占全球官方黄金储备的四分之一。这些黄金中,只有约 5% 属于美国,其余的绝大部分属于外国政府和银行。这么多的外国黄金存放在这里不收任何费用,只有在转移交割或运出银行时,收取手续费。纽约是全球黄金交易中心,而这里的黄金交易是通过换房间的方式完成的。比如,双方交易达成后,黄金就从此号房间搬到彼号。搬动金块的工作人员只按指令办事,至于两个房间的号码是谁的,根本没人知道,当然也并不需要知道的。

　　我们就是那么走着、听着、看着,登楼梯,乘电梯,七弯八拐终于下到地下的金库。工作人员打开了大门。这个大门其实是一个高近 3 米、重 90 吨的铸钢柱子,柱子中央有一个长 3 米的狭窄通道,操纵开关就可以自动旋转露出人员进出的通道。如果情况需要,这个"门"能够在 28 秒钟内关闭,里面的空气只够一人存活七八个小时。隔着护栏,我们看到里面整整齐齐码垛起来的金锭,工作人员把两块样品放到面前的工作台上向参观的人们展示,也实地实物地讲解着黄金的出入库管理、秤量计重、运进运出、库房的关锁等等方面的制度,还不时解答参观者的提问。

　　堪萨斯城联邦储备银行当然没有纽约那么大的金库,也就省去了进下出上的工夫。这里的业务所辖区域包括堪萨斯州、科罗拉多州、内布拉斯加州、俄克拉荷马州、怀俄明州、新墨西哥州北部和密苏里州西部。主要负责清算支票,发放现金,收回破损钱币,管理和发放本储备区内银行的贴现贷款,评估有关银行合并和扩大业务的申请,充当工商界与联邦储备体系之间的中介,检查银行持股公司和州注册的成员银行,搜集掌握地方商业数据以及组织与货币政策有关的学术研究等等。

　　堪萨斯城联邦储备银行壮观、开阔、敞亮、干净而秩序井然,他们除了每天都按部就班开门营业外,也还免费供人们参观,并免费为行动不便的参观者提供轮椅。当然,其内部也是层层严密防守,戒备森然的。来这里参观的人要检查是否持有有效身份证件,要通过层层安检,检查全身和随身所带的物品。进入大门,就有全副武装的保安人员对来者进行检查。办过参观手续,通过安检,才能进入里面参观。供参观的地方是用透明玻璃隔开的,内部是银行工作人员在忙碌地工作,外部则可以随便浏览。

这里没有专门的讲解员,只有几个管理人员进行指导和随时答复咨询。入口处一拉溜的橱柜上摆着各种资料,可以随意取来阅读。靠墙镶嵌在透明玻璃框里的,是印在纸币或铸在硬币上的人物头像。这些头像大部分是历任美国总统,但也有没当过总统,但对美国的发展做出了巨大贡献,造成了广泛影响的人。如 10 美元的纸币,印的是美国开国元勋、宪法的起草人之一、政治家、外交家、财经专家、首任财政部长亚历山大·汉密尔顿的头像,他所实行的政策,使美国得以富强壮大;100 美元是著名科学家、金融家、政治家、外交家本杰明·富兰克林的头像,有评价说他是十八世纪仅次于华盛顿的美国名人。还有萨蒙·P·蔡斯,因为他对美元的纸币体系做出的贡献,被印了 10 000 美元纸钞上,只是现在已经不流通了。从 2007 年开始,美国将历任去世 2 年以上的总统头像依次铸在 1 元硬币上。最先发行的是美国早期的 4 位总统:乔治·华盛顿、约翰·亚当斯、托马斯·杰斐逊和詹姆士·麦迪逊。不过,不经常接触美元的外国人往往只盯着那些币值的数码,并没有多少人去仔细区分纸币或硬币上的那些与自己基本毫无关系的头像究竟谁是谁。

在这里,人们不仅可以了解到许许多多有关美国货币的知识和其中许多鲜为人知的故事,还可以参与一些有趣的互动。譬如通过高倍显微镜窥视美钞图案纹理的细节;在桌面的电子版上自己设计纸币图样;用铜铸的版样印制各种颜色的图片等等。最吸引人的是一张掏空了中间头像的硕大纸币样板,参观者可以把头伸进那掏空的洞里拍照,过一把上美元的"瘾"。我的小孙女跟在人家后面排了好长时间的号,也那样照了一张,等于上了美元。

隔着玻璃,可以看到银行内部人员在忙碌地工作。大多数人都在整理纸币,一边挑拣查验,一边捆扎整齐。同时,把破损、玷污严重,不宜继续进入流通的纸币做粉碎处理;对发现的假币则记录在案,究根问底,追究责任。隔着玻璃,还可以看到搬运钞票的机器人在忙碌地工作。它们来来往往，托着一箱箱美元送到该放的位置，又匆匆忙忙托着另一捆离去，这样不仅节省了人手，还减少了可能存在的安全隐患。毕竟人非圣贤，每天搬运成摞成捆的钞票难免会有什么难以预料的闪失。

参观结束了。临走的时候，工作人员给我们每人送了几个装满美元碎屑的小袋子作为纪念，还说欢迎再来。我记起几年前到科罗拉多州的丹佛，参观设在那里的硬币铸造厂，整个造币过程一目了然；这次看了美联储的联邦储备银行，原来心目中货币发行和销毁的神秘感顿然消解。美国有不少公共和私人机构都对参观者开放，譬如同样在堪萨斯城的哈雷摩托车厂。这实在是一种有益的科普抑或是广告行为，于社会、于开放机构本身都是有益处的。

读书的享受

*

*

谈无说有论读书,知古识今道不孤。

直把怡愉付经典,始能机敏作糊涂。

4月23日是"世界读书日"。2014年的这一天,我看到了中国新闻出版研究院公布的第十一次全国国民阅读调查数据:2013年,中国成年国民的纸质图书阅读率为57.8%,比2012年增长了2.9个百分点;中国成年国民人均阅读图书4.77本,比2012年增加了0.38本。

我还看到了一组可以做对比的数字:当下韩国国民人均阅读量为每年11本,法国为8.4本,日本为8.4～8.5本。全世界每年阅读书籍数量排名第一的是犹太人,平均每人一年读书64本;在中国13亿人口中,扣除教科书不算,平均每人一年读书连1本都不到;伦敦拥有书店2 904家,纽约7 298家,东京4 715家,巴黎 6 662 家,而北京只有 1 800 家。(李舫:《为了忘却的纪念》载 2014 年 04 月 22 日《人民日报》)

1995 年,联合国教科文组织宣布 4 月 23 日为"世界读书日",目的是希望全世界无论男女老少,穷人富人,病人还是健康者都能享受到读书的乐趣,尊重和感谢为人类文明做出巨大贡献的文学、文化、科学和思想大师们并保护知识产权。设立"世界读书日"的设想最初是由西班牙人提出的,因为这一天是这个国家加泰罗尼亚地区的"圣乔治节"。"圣乔治节"来源于一个美丽的传说:国王的女儿被恶龙困于深山,一位叫乔治的勇士战胜恶龙把她解救了出来,她便赠给勇士一本书,象征胆识和力量。于是便有了当地的"圣乔治节"。节日期间,居民都给亲友赠送图书和玫瑰。

美国也有自己的"全美读书日",这个日期是每年的 3 月 2 日。1997 年 5 月,美国教育协会阅读工作小组提出建议:创建全国赞美阅读的一天,呼唤和促进每一位儿童阅读。第二年,就把 20 世纪美国最受爱戴的儿童文学作家和插图画家苏斯博士的生日这一天确定为"全美读书日"。每年的读书日这天,全美国从城市到乡村,每个社区和家庭都会开展各种形式的读书活动,不论是名人还是普通百姓,都要为孩子们大声朗读。

没有确切的数字显示美国人平均每人每年读多少书,据说是 11 本。当然,即使真是这样也不见得有太多的实际意义。因为第一,那些通过调查得来的数据未必准确;第二,总体情况对于作为读书人的群体和个体并没有太多的实际意义。所以,研究分析那些枯燥的数字,总是不如听到和看到的生活中的场景更真实。

美国的研究显示,儿童在三年级结束之前,如果还不具备基本的阅读能力,未来在学习其他学科时都会碰到困难。所以,美国总统上任后几乎都在全国大力提倡阅读。克林顿总统执政期间,联邦政府就提出了"阅读挑战"的教育运动,目的是促进所有儿童在三年级末学会独立有效地阅读。布什总统上任后的全国阅读评测显示，有将近 70% 的四年级学生不具备基本的阅读能力，又提出了"阅读优先"方案，希望 5 年内让所有学生在小学三年级具备基本阅读能力，"不让任何一个孩子落在后面"，并拨款 50 亿美元，特别补助阅读环境较差的弱势学生。

曾经担任教师的布什夫人也以自身经验提醒天下父母，必须在孩子童年时期就为他们铺设一条由阅读通往成功学习的道路，促成了德克萨斯州率先以州预算赞助学前儿童阅读计划，并且号召全美最优秀的大学毕业生和专业人员加入师资培育计划。2010 年"全美读书节"当天，美国第一夫人米歇尔·奥巴马来到国会图书馆，为 200 多位小学生大声朗读苏斯博士的《帽子里的猫》，拉开了第 15 届"全美读书日"活动的序幕；一起来的教育部部长阿恩·邓肯也朗读了《霍顿奇遇记》；国家教育协会主席丹尼斯·范洛可则领着孩子们举手诵读"我保证每天读书、每晚读书"的誓言。

一个非常明智的举动是，历任美国教育部部长都把暑假当作助推阅读风气和培养读书习惯的黄金时间，图书馆邀请教育部部长和各界名人，亲临夏季阅读站，为孩童朗读故事。"暑期阅读之乐"网站则提供各种夏日阅读的书目、指南和有趣的亲子活动，鼓励线上讨论并分享阅读心得。美国最大的城市纽约，从 1979 年开始，每年 9 月的最后一个周末，在第 5 大道上举办"纽约是书乡"读书活动，推动市民读书。其他城市也争相仿效，以突显城市的读书特色。

美国把达到独立有效的阅读能力确定在三年级末，而有了"独立有效的阅读能力"就等于基本养成了阅读习惯。三年级正是 10 岁前后，10 岁前后养成的好习惯，往往一辈子都难以改变。有了好的习惯，就会把读书当成一种快乐，一种享受，一种不可缺少、无所不在的行为。米歇尔·奥巴马说，我们的女儿每天晚上在家都会读书。如果两个女儿正在阅读，就允许她们推迟半小时睡觉。阅读，竟然获得了"推迟半小时睡觉"的奖励,这不能不说是一种奇特而睿智的方法。这也从一个侧面反映了美国人良好的读书习惯。在美国,公园的座椅上,湖边的林荫下,候车的大厅里,飞行的机舱内等等,随处会看到孜孜不倦的读书人;星期天,节假日的图书馆,还书的、借书的络绎不绝。美国皮尤研究中心的一项调查显示,美国 18 岁至 24 岁的年轻人阅读率最高,为 88%;其次是 16 岁至 17 岁的青少年为 86%;30 岁至 39 岁的为 84%,最低的 65 岁以上的老年人也达到 68%。

　　我国是最早倡导阅读的国家,成书于 2 000 多年前的《论语》,开头第一句话就是"子曰学而时习之不亦乐乎？"又有勉励读书的"孟母三迁""凿壁偷光""囊萤映雪""头悬梁锥刺股"等等立志读书的动人故事。更有趣的还有宋朝那个苏舜钦用《汉书》下酒。说他在其岳父杜祁家读《汉书》,读一段饮两大杯,一夜喝了一斗酒。其岳父得知后则说:"有如此下酒物,一斗诚不为多也。"此言后来传为数代佳话。另有"腹有诗书气自华""读书非药能医俗"等等的妙语华章不断激励着人们读书。现在,各级党政领导以及社会各界更加重视读书。习近平同志在中央党校 2009 年春季开学典礼上,要求各级领导干部真正把读书学习当成一种生活态度、一种工作责任、一种精神追求,自觉做到爱读书、读好书、善读书,积极推动学习型政党、学习型社会的建设。2012 年,"开展全民阅读活动"写进了党的十八大报告;"倡导全民阅读,建设书香社会"两次写进了全国"两会"的《政府工作报告》。到 2014 年,全国已有 300 多个城市设置了阅读节、阅读日;财政资金扶持实体书店经过试点已扩展到 12 个省区;图书馆拨款连年增长,并有 60 万所农家书屋在广大农村安家。

　　我国各级如此重视读书,为什么读书的风气仍然没有美国浓厚？ 我想很重要的一个原因大约还是因为许多人读书观的急功近利。中国传统的读书兴趣往往都是以功利诱发或者直接就以功利为目的。如"学而优则仕""读书做官""书中自有黄金屋""书中自有颜如玉""读书改变命运"之类,并没有太多人有把读书当成"华气""医俗"等完善自身,提高素质的绝佳途径。当然,反观当今社会,"读书无用论",就业困难,"学好数理化不如有个好爸爸",文凭可以骗到,论文可以抄袭,学位、职称可以买着等等的社会现象,实在也是从根本上消解着社会的读书热情。

那么读书有没有功利? 当然有。对于一个人来说有,对于整个国家和民族则更多。本文前头提到犹太人在世界上人均读的书最多,而其获益也最多。在美国,犹太人不到人口总数的 3%,却占全美 200 位最有影响名人的一半;占大学教授总数的 20%;占律师人数的 25%;占诺贝尔奖美国得主的一半左右;占当代美国文学、戏剧、音乐等领域一流作家、艺术家人数的 60%。有人说,犹太人"控制"着华尔街,"统治"着好莱坞,"操纵"着美国新闻界,或许这也并非虚话。虽然,这还要综合其他方面的因素,不能仅仅归功于读书,但读书却可以作为最直接的窥豹之斑。

总归,这是一个反映民族总体素质的数字。总体总是包含着个人,也是不言而喻的。对每一个独立的个人而言,当然不可能都是那么立竿见影。大千世界找几个读书多的人生活水平不如读书少的人,读书人事的业不如不读书人做得大的事例也并不困难。我知道的几个懒得读书的孩子常常找不读书而发展不错的典型为自己的"懒"开脱,有时还真能让他们找着,与读书多的人作比较有时还真让人无话可说。但特殊性不能反映普遍性,个体的也不可能代表全部的。

读书是一种愉悦,一种享受,是知识积累的有效途径,是文明升华的必要阶梯,是素质提升的灵丹妙药,这是每一个读过书的人都可以体会得到的。

如果谁还没有这个体会,那就通过读书,慢慢进入那样的境界吧!

远离雾霾的家园

*

*

绿水青山本自然,白云飘动好家园。

流光几可重欢会,一任清风万里天。

　　几次严重的雾霾天气,让中国许多城市的居民出门都戴上了口罩。而现在的口罩不像是前些年的口罩,就是那么几层让人一看就明白的洁白纱布,而是有着各种底色,绘着各种图案的。这种花花绿绿的口罩戴在脸上,乍一看竟让人不知所以然,戴着黑色的甚至被当成蒙面人。更特别的还有绘着骷髅的图案,一时竟会给路人造成视觉的恐怖……

汽车尾气

　　雾霾是空气质量恶劣到一定程度时形成的,而空气质量的衡量标准是PM2.5 和 PM10 指数。PM2.5 是指大气中直径小于或等于 2.5 微米的颗粒物,也称为可吸入颗粒物。而空气中这些有害颗粒物发生的一个很重要原因就是大量的工业废气和汽车尾气。美国是个汽车发展最早，也是人均汽车最多的国家，汽车总量达2.8亿多辆；经过洛杉矶的高速公路很多地方达到8车道，可见车辆之多。而其全国的空气却非常清新。有关资料记载，2013年1月，中国一些省区出现雾霾，空气严重污染。12日，北京市空气中PM2.5含量每立方米达到700微克到800微克之间甚至更高，远远超过了500微克的"毒线"界限。而当时，2013年1月11日即北京时间1月12日，美国污染最重的城市洛杉矶空气中的PM2.5含量24小时均值为每立方米2.9微克。按照每隔一个小时发布的检测数据，最低为0，最高为8微克。洛杉矶空气质量最差的时候空气中PM2.5含量高峰时曾达到过每立方米14微克。美国的空气质量管理规定标准为24小时内空气中PM2.5含量每立方米不超过35微克，14微克的峰值也比国标还低许多。

如果说洛杉矶的大气质量现在还好，那完全是其痛定思痛，严于治理的结果。当年，我国还是蓝天白云，空气质量极好的时候，这里的空气污染已经达到最危险的境地，严重程度要比我国现在的情况还要糟糕许多倍。洛杉矶盛产黄金和石油，河运和海运都十分便利，对商人、投资者和冒险家都具有极大的吸引力。加上世界影业中心好莱坞和迪斯尼乐园的逐步形成，很快便成为太平洋东海岸一个集商业、娱乐业、旅游业于一体的繁华无比的港口城市。随之而来的是人口剧增，城市拥挤，纵横交错的城际公路每天车来车往。到20世纪40年代，洛杉矶就拥有250多万辆汽车，每天大约要消耗1 100吨汽油，排出1 000多吨碳氢化合物、300多吨氮氧化合物、700多吨一氧化碳。另外，还有炼油厂和供油站等石油燃烧和其他工业排放物。大量汽车尾气和工业废气的排放，不断在大气中形成有毒烟雾，这种烟雾吸收了太阳光的能量之后，形成了富含剧毒的光化学烟雾，最终酿成震惊世界的洛杉矶光化学烟雾事件。在1952年12月的一次光化学烟雾事件中,全市有 400 多名 65 岁以上的老人死亡。1955 年 9 月,由于大气污染和高温,短短两天之内,又夺去了 400 余老人的生命,许多人感觉眼睛痛、头痛、呼吸困难等。直到 20 世纪 70 年代,洛杉矶市还被称为全美国的"烟雾之城"。

洛杉矶光化学烟雾事件不能不引起全美国的高度重视。为了有效控制汽车尾气污染,美国政府研究制定并出台了各种防治措施。1968 年,美国国会通过了《清洁空气法》,规定任何新车或新车发动机都必须经过投产前的认证鉴定、生产期间的产品合格性和产品一致性试验以及销售中的质量监控;规定了在用汽车的检测维修、担保监督和召回及淘汰旧车制度。同时,还实行扶持措施,鼓励新能源汽车的生产和使用以及报废汽车零部件的拆卸循环利用等。美国是个执法严厉的国家,对法律的异议和影响都在制定前的游说阶段和制定时立法机构里的争论,一旦颁行,任何人、任何部门和单位不得有任何违反,绝没有强硬部门、关系单位和特权阶层以及请客,送礼逃脱处罚的现象。因而,便通过依法治理慢慢讨回了清新的空气和晴朗的天空。

其实,世上许多事情,许多方面,不怕有问题,就怕有了问题熟视无睹任其发展,甚至欲盖弥彰推卸责任,而使问题愈演愈烈,以致不可收拾。如果有了问题敢于担当,不回避,不逃脱,能够从实际出发,以积极的态度采取具体措施;或把问题消灭在初起之时,萌芽之中;或阻止恶果继续扩大,而后加大措施加快进度加以解决,是能够把事情做好,让天下太平的。"亡羊补牢,犹为未晚",这千古名言应该时刻谨记。

沙尘暴

雾霾天气的另一个重要原因是沙尘暴,其中包含能够对人体造成危害并对环境和气候造成严重影响的 PM10。沙尘暴产生的重要原因是长期干旱少雨的沙漠和过多的荒漠化土地。我国北方之所以雾霾天气比较多,主要是相对于南方来说雨水偏少,沙漠、荒漠化土地较多。所以,一到冬春的多风季节,就可能出现狂烈而无休止的沙尘天气。中央气象台指出,从长期变化趋势来看,20 世纪60 年代至 70 年代,我国平均沙尘暴日数相对较多;80 年代中期以后明显减少;1997 年之后又有相对增多的情况;2000 年以后,以 2001 年和 2010 年沙尘天气过程最为频繁,到 2011 年、2012 年明显偏少。

美国也曾经发生过沙尘暴。1935 年 4 月 14 日,美国发生了历史上最可怕的沙尘暴。那天下午,黑风暴(可理解为一种遮天蔽日的沙尘暴)突然来袭,世界漆黑一团。这场沙尘暴波及科罗拉多、新墨西哥、内布拉斯加、堪萨斯、俄克拉荷马及德克萨斯等州的 9 700 万英亩的土地。在此之前的 1930 年 9 月 14 日,发生在得克萨斯州的沙尘暴是 20 世纪 30 年代北美大平原遭遇的第一次袭击。1934 年5 月 12 日,起自于南部平原的沙尘暴裹挟着大约 3 亿吨泥沙持续 3 天,横扫中东部,空中尘暴高达几千米;水、食物和大片的农作物、住房、工厂都被污染、覆盖或摧毁;不少人因此死亡或失踪。到 1940 年,沙尘重灾区有 250 万失去家园的人被迫外迁,许多城镇被弃为空城。

实际上,所有的沙尘暴大致都源于人类对环境的肆意破坏。美国的沙尘暴也是如此。早在 17 世纪上、中叶,北美平原尚处于殖民地时期,人们便开始毫无节制地大量砍伐森林,开垦土地,种植那些获利颇丰的烟草、棉花、水稻和小麦。"南方的经济作物很快耗尽了土壤养分。"(《美国史》语)19 世纪,美国鼓励民众向西部大草原移民。移民所带的近百万的马、牛和羊过量啃噬草原;车辙、骑兵、狩猎和战争的马匹连同牧群一起践踏了从未被破坏的植被。过度开垦造成了水土流失,土地大面积裸露沙化。1855 年,一个阿拉巴马州参议员记录道:"小麦种植园主吸走了土地的精华后……便向更西和更南的地方寻找其他处女地,在那里他们可能也会以同样方式去掠夺它并使之枯竭。"(《美国史》第 454 页) 19 世纪末 20 世纪初十几年的连续干旱,把跃跃欲试的沙尘逐渐"引爆",1932 年出现 14 次,1933 年 38 次,到 1934 年的春季终于出现了灾难性的生态恶果。

在最初的几次沙尘天气出现之后,治理就引起了罗斯福政府的重视。1935 年初,美国推行了联邦土壤保持计划,实行了轮作制度、发展条带状种植和营造防风林带等,并加大推行"农场法案",以补偿的方式鼓励弃耕、休牧、返林还草,建立自然保护区,恢复天然草原。国会还立法成立了民间资源保护队,先后有超过 300 万的美国单身男子参加国家林区的植树造林,开沟挖渠,修建水库,进行各种有利于水土保持的工作。其中沿 100 度经线种植的一条宽 100 英里、几乎纵贯了全美的防护林带,大大改善了大平原地区的自然生态环境。短短 5 年时间,美国返林返草面积达到 15 万平方公里,约占美国耕地面积的 10%。同时,还建立了 144 个自然保护区,恢复了那些裸露土地的植被,锁住了沙尘暴的"暴源"。

我国也在很早就开始重视对沙化土地的研究和治理,只是因为力度不够或连续性不强而影响了治理效果。20 世纪末叶以来,我国加大了对风沙危害和水土流失的治理力度。加快在"三北"(西北、华北、东北)地区建设大型防护林体系;实施"再造一个山川秀美的西北地区"工程;建设长江、黄河、淮河、辽河、珠江流域和沿海防护林;以及太行山绿化、平原绿化等林业建设工程;积极退耕还林、还草,保护和恢复草原牧场,收到了 2001 年以后全国沙尘天气逐年明显减少的良好局面。

体悟与观察

治理,往往要比破坏用的时间和人财物力要多很多倍。中国国家环保部部长陈吉宁曾经在环境治理上打过一个很恰当也很发人深省的比喻。他说,把茶叶泡进水里非常容易,可是要把茶的成分从水里分离出来就困难了。当然,"锲而不舍,金石可镂"也说明只要用心,只要坚持就没有克服不了的困难。这是中国人的名言,也是全人类的精神财富。美国人就是靠这种精神,经过永不止息的治理、管控和国人的自觉维护,向被破坏的环境讨回了蓝天白云,讨回了清新的空气。

此刻我们走在洛杉矶城市的大街上,尽管有时候微风吹拂甚至大风来袭,也没有混入眼睛的那种灰尘;停下来也用不着抖掉衣服、帽子上可能飘落的尘土;依着河、湖、路、桥观光的栏杆,把着台阶或索道的扶手,不用担心有多少灰尘沾在身上;在公园和广场的排椅、石凳坐下歇脚,也不必先用手纸或毛巾加以擦拭,因为那上面本来就没有多少灰尘可擦。办公室或家中的桌面、座椅、窗台,多日不擦也不会落满尘埃;地面铺着的地毯一个月用吸尘器吸一次也就可以了,不过上面的灰尘也绝不是外面的风吹进来的。来这里之前,有朋友到美国旅游回来说,自己的皮鞋一星期没擦竟依然光亮如新,实在也不是虚妄之谈。细心观察琢磨,美国境内灰尘少的主要原因是他们的大部分国土现在已经不再裸露。不用说大片的森林、牧场一年四季有植被覆盖,就是农田也轮作轮休。农作物秸秆在收获的时候大都留在地里,到轮作播种的时候再统一处理;麦田的冬天当然也遍地葱绿。在城乡居民区,不论是住宅、商务场所和公共建筑周围还是公园、高尔夫球场以及私有闲置土地都是一样盖满植被。"不能有裸露的土地"是各地公共管理部门为创造优美居住环境的统一要求,也是居民们久已养成的习惯。各种建筑物在动工建造的时候,不论各单位自己建设还是开发商建设,在周围植树种草都必须提前开始;工程完工的时候,绿化也同时完成了。如果工期较长,施工过程中干完一道工序立刻种植草坪;等下道工序把草坪挖开后,再重新移植覆盖,尽最大的可能减少施工现场的地面裸露时间。除了新栽之外,建筑场地的原生树木是必须保留的。所以看看遍布城乡的那些绿化树,多数并不像人为排列得那样特别整齐。那些高大的树木,树龄有的远远高过周围的建筑物。

城乡绿化和裸露土地的覆盖主要是种植草坪,也根据审美观的不同散乱地栽着各种各样的花和高矮不等形态各异的灌木。花开季节,平整的草坪间万紫千红点缀其间,就像为大地穿上了美丽的衣裳,紧紧地把泥土的"身躯"包裹了起来。美国许多地方的土是乌黑油亮的,就像闻名胶东的"姜山大洼"的沃土那样。这正如人,不管多么漂亮,还是要穿上靓丽的服装的,人靠衣裳马靠鞍嘛!个别不适宜栽种植物的地方,或压了石子、卵石,有的石块还掺和了各种颜色,合成为"五彩石";或撒了木屑、碎树皮之类。这样的处置一般是在树盘、花畦中,总是不让一点可能纷飞的尘埃扬起来。

有花草的地方就有水通过去,可以随时进行浇灌。有的使用铺在地下的水管,闸门一开,水就会喷出来,旋转着自动喷洒;有的则用长长的橡皮管子接水浇灌。这不仅输送了花草生长需要的水分,也洗净了草叶和花朵上的尘土。家家都置备了打理草坪的工具,面积小的用手推式割草机;面积较大的就开着小拖拉机来回奔跑;边边角角还有专门的手提式打草器来整理。草坪花圃长得是否旺盛,修剪得是否平整,点缀得是否得体,往往就能透露出主人家的人丁、家道和审美意识。

建筑物周围往往都植有树木,大树茂密的枝叶可以高过那些二三层的房屋,把阳光也阻隔在浓荫之外。所以,当有那桀骜不驯的狂风袭来时,不管是白天黑夜,尽管那么狼嚎似地啸叫着,嘶闹着,欲把地球掀翻似地折腾,却也只能局限在树上的声嘶力竭,绝对是下不了梢,进不了屋的。

美国城乡的街道是没有清洁工人拿着扫帚沿路打扫的,但会有马路清洗车定期沿街转悠,各家住户则经常自己背着鼓风机把落下的树叶子往路边拢一拢,或收起来送到指定的处理中心,或任其在草坪上飘来飘去。

把尘埃锁住，就从源头上杜绝了灰尘。源头是根本，抓住了根本，就抓住了解决问题的关键。尘埃是这样，其他亦然，也不论在中国还是在美国。

中学生的艺术

* *
*

可畏从来是后生，青春世海驾长鲸。

向高行远追卓越，破浪乘风赴远程。

　　春天，是青少年的季节。2014年4月初，美国堪萨斯州的大地刚刚有些暖意，青草吐绿，早树发芽，几簇映着旭日的迎春花泛出初开的嫩黄，点缀着如茵的青翠越发充满生机。在生机环绕的康科迪亚大学，本地区中学生艺术作品展正在体育馆内的篮球场举行。

　　我应邀参观了这个展览。走进体育馆，首先看到的是络绎不绝的参观者，最多的当然是附近各学校的初、高中学生和带队老师；还有许多学生的家长和各地的艺术爱好者。为了充分利用展览空间，篮球场用木板成排隔段分成若干区间。木板墙面上挂着的是各种美术作品，有油画、版画、粉画、素描、速写、水彩画、剪贴画、撕扯画；摆在桌子上的有雕塑、陶艺、各种手工制作等等。有大幅的风景、人物、花卉、静物、抽象画和意识流作品；有人物群雕、铁木质雕塑、陶制厨具、杯具和不拘一格的陶鞋袜；有牛头骨的彩绘、变形的面具、用过的一次性纸杯和空易拉罐制作的灯具、瓶盖拼制的日轮、手纸筒拼装的大鸟等等，千姿百态，异彩纷呈。有的作品淳朴可爱，憨态可掬；有的作品庄重典雅，神采飞扬。青少年时代是人生展现自我，张扬个性，开掘潜质，涌动天资的阶段。学校教育、家庭教育和社会教育都应该从各方面适应、服从和服务于他们这个成长阶段的特点。我的中小学时代是在 1967 年之前，除了最后"应毕业而未毕业"的那一年，教学秩序基本还比较很正常的。课程设置中的音、体、美都与其他各科一样依据课程表按部就班地实施。每年全校或是全学区一般都举行美术展览、歌咏比赛、体育比赛等。

在美国高中的学制是 4 年（9 年级～12 年级），一律实行学分制，一般需要够 18～23 个学分才可以获得毕业证书。各中学尽管课程安排不完全一样，但大同小异。基础必修课程有英语（就是他们的国语）、自然科学（如生物、化学、物理或地理）、社会科学（美国历史、世界历史、经济学、心理学）和数学（代数、几何、三角函数等）。选修课程比较多，可供选择的内容广泛，完全能够满足学生的不同兴趣。比较常见的选修课程有外语，比如法语、德语、西班牙语；视觉艺术，比如素描、雕刻、油画、摄影等；表演艺术，例如合唱、戏剧、舞蹈、电影、乐队、管弦乐等；体育，包括足球、棒球、篮球、网球、田径、游泳、水球等；计算机，比如文字处理、编程、图像设计、计算机俱乐部、网页设计等；新闻出版，可以是校报、年历、电视制作等；职业课程，例如木工、金属加工、汽车修理等；以及家庭经济学、营养学、幼儿发展等等。另外，其他凡是学生感兴趣或有择业需要的内容，都有相应课程供选择。

我想到了人从孩提时代的成长经历。大约孩子对世界的最初认知是从玩玩具开始的,而能够吸引孩子的不一定都是从商店里买回来的制式玩具,这样的玩具经过制作者的设计,有助于开发孩子的智力,启迪孩子的心灵。然而,这样的玩具模式已经固化,对孩子来说能够让其想象力、创造力因此得到开发的同时,也在某些方面受到了限制。往往孩子的童真最喜欢接近的是外面的一棵草,一朵花,一片树叶,甚至一块泥巴。在丰富多彩的自然界里面,孩子们可以任意采撷,任意拼接,任意展开想象。选择玩什么尽管看起来是在无意之中,却往往就透露出了孩子的内心世界,也往往在不知不觉中启开了萌动的心扉,进入甚至跟随着其全部人生。中国有"抓周"的风俗,就是孩子在一周岁生日的时候把一些平时用的器物如书本、笔墨、算具、农具、工具和厨具等等放在一起让孩子去抓,先抓到了什么就以此猜测孩子喜欢什么,长大了会做什么。这当然只是大人预测孩子将来的一个心愿,但也在一定程度上反映了孩子当时对客观世界的某一种认同。当然,随着年龄的增长哪个孩子"抓周"抓到了什么,已经没有多少人能够记得,但成长过程中青少年各自的爱好和自我选择则是应该得到尊重的。按照自己的爱好确定自己的人生道路,是青少年时代最重要的选择。很多学生到了大学还要调好几次专业,因为人的一生对自己的认识需要一个很长的过程,很多东西不尝试过也许不知道自己是否喜欢。所以创造一个宽松自由的环境,让学生们得以尽情探索自己的兴趣所在是家庭和学校的一项十分重要的任务——而家长和老师如果不征得孩子同意,便以自己的好恶自以为是地把自己的观点强加给孩子,则是一种非常拙劣的行径——美国的高中不分文、理科,学分制和为数众多的选修课正好帮助学生实现了人生选择这一任务。选修课的分数同必修课程一样计入总学分,而美国大学录取新生则不仅看高考成绩,也要参考高中阶段各学科的成绩。

　　美国社会也有那种专门辅导孩子增进其特长的培训班,在马里兰州的一个小镇上,我也参观过这样的培训班。这个培训班在一个小楼里,隔着玻璃,里面的一举一动都看得很清楚。学生分散在几个房间中,一个房间有三两个孩子,每个孩子都有一个画案子,上面摆满了各种颜料和画笔。辅导的老师则随时进出几个房间,任意站在孩子的后面看他们的构图和涂色,根据实际情况给予纠正或赞美,耐心地进行点评指导。看得出来,这些辅导教师都是科班出身,有的则是在读大学生。他们都教得有板有眼,有模有样,没有敷衍,也看不出什么谫陋。孩子们学的大都是油画或粉画,画出来的有静物有风景,也有人物。画幅也没有太大的,大都一尺见方左右甚至更小。许多优秀的画作都挂在走廊的墙上,不论是小画家自己还是他们的家长,见了都面露喜色,带着满脸的自豪。外来参观的客人也赞不绝口。

　　看看这个大多来自平凡小镇的中学生艺术展览,其规模之大,作品之多,艺术水平之高,就可以对美国学校的总体教育和训练情况有个大概的了解了。将来的著名艺术大师,极有可能就产生在这些创作者之中。

　　不过随着每个学生眼界的开阔,潜质的开掘,兴趣的转变,认识的飞跃,最终会在哪个节点上驻留,在哪个领域实现其人生的终极价值,中学阶段还远不是真正明确的时候。

吃烧烤的姑娘

*

*

快乐常吃特色新，年华正好享天真。

食鲜啖美传情意，道道珍馐片片心。

靠近圣加布里埃尔山的一个新建的居民小区，平整的草坪，美丽的鲜花，幽静的小径，在晚霞中显得雅致而温馨。

居民小区的物业服务是非常周到的。物业公司的管理用房、公用活动场地、体育器材和休息、娱乐的设施不仅齐全实用，也非常精美雅观。在一丛硕大的芭蕉旁边，立着铁质的烧烤炉，铁板、铁条，旁边用餐的桌子和板凳始终保持着干净和光洁，不知是因为吃烧烤的人各自用过之后都自觉擦拭还是物业管理人员每天的维护保养。此刻，披着夕阳余晖，三个年轻的姑娘，正在缕缕青烟中烧烤着她们的美食。燃起炭火，烧烤的食物一会儿就生出了扑鼻的香味，很快就被手抓把按地吃进肚子里了。看来烧烤食物不仅是中国,而且是全世界的最爱。美国的商家也真会捕捉商机,只要能赚钱,有需要的就有服务的,随时随地都很方便。吃烧烤也是这样,在卖食品的超市里,想烧什么烤什么应有尽有,任意选择就是。烤牛排大约是烧烤用得最多的原料,商店里就有切好了的大约 1 厘米厚,巴掌那么大的成品,塑料托盘盛着,用保鲜膜包了,交了钱就可以拿去烧烤。制作精良的生香肠像一根根粗细得当的葱段,烧烤过后香而不腻;五花肉都切成了长长而薄薄的大片,烤起来也方便得很;羊产品、鸡产品等等也都是分割处理好了封装起来的,不用担心不方便拿不方便烤。同时售卖的还有蘸着吃烧烤食品的各种酱料、调味品,还有用作燃料的木炭等等。这些东西都不是很贵,上好的牛肉五到十美元(按肉的部位定价)一磅,最好的也就合人民币七八十元。我曾经在国内吃过号称正宗进口的牛排烧烤。好家伙,就那么二两上下的牛肉片片,要价竟然是 280 元一斤,价格高得令人不忍下咽。

在美国,可以使用的烧烤工具很多。在家里有电烤炉,也有铁板烧等等,一家人想怎么烧就怎么烧,想怎么烤就怎么烤。高兴了就家人亲友相约野餐,带上喜欢吃的烧烤原料和木炭,说走就走。如果是在星期天或者节假日,不经意间就能够看到那些拖着房车外出的城里人。带这种"行头"的人往往不在城市间穿行,而是远足去享受野外的无限风光,体验大自然风情万种的魅力。在山脚、在林边、在湖畔、在河滩、在峡谷,在许多设定游览的地方常见炊烟袅袅,烧烤的香味飘出很远。烧烤炉架是作为公共设施早已经安装在那里的,旁边摆放食物的桌凳,塑料的、金属的,或是石头的,也始终"坚守"在那里等待着食客的到来。看来美国社会在商业化服务的同时,也无处不在地体现着公共服务的人性化思维。

我的家乡胶东地区原来是不吃烧烤的。如果硬要往烧烤上挂联也不是完全没有,只是那"烧烤"不是这"烧烤"。那"烧烤"出的食品都是"哄孩子"的玩意儿。"烧烤"的工具也是就手方便,要"烧烤"的东西让烧火做饭的妈妈或奶奶就那么往"锅头"(灶口)一扔,用烧火棍扒拉着灶里带火星的热灰埋上,光等着熟就行了。当然如果忘在里头时间长了,就会烤煳成了"焦炭"。这样"烧烤"的东西最多的是芋头、地瓜、揉成形的面团之类,再就是逮着的野鸟、青蛙、蚂蚱、豆虫甚至老鼠等等,熟了之后便都是孩子们的美食。后来,人们富裕了,就也追着时髦,学着外地人吃烧烤了。最初流行的只是烤羊肉串,后来就接着烤鸡翅、羊腿,以及鱿鱼、大虾等等花样百出,到后来连蔬菜、蘑菇类也烤着吃了。最近这些年,随着韩国和日本来的外企增多,也把异国他乡的"料理"带了进来。到现在,全国各地都在吃烧烤,尤其是风和日暖的季节,甚至在灼热的夏天,街头巷尾的烧烤几乎是无处不在。这当然多数是商业活动,烤着卖,买着吃,自烤自食的不多,作为野餐的烧烤就更不多见。

2014年"五一"小长假期间,媒体报道了一则消息,北京昌平区沙河水库公告牌明确写着"严禁露营、烧烤",却依然有人在岸边扎起帐篷,自备炉具、炭火,只管旁若无人地烧着烤着。树林、草丛间一时烟火弥漫,雾气缭绕。人生的浪漫倒是尽情地享受了,可吃烧烤的人走了之后,留下的灰炭污染、垃圾遍地和对草木的践踏却久久难以恢复。所以,我国的吃烧烤实在没法同美国相比,尤其是那靠近大城市的人口密集区。街头的烧烤铺还可以规范发展,而浪漫的野炊所带来的环境重负是很难承受得了的。更不用指望在风景优美的地点安放齐备的公用烤具了。

我所见到的那三个文静的姑娘一直在有条不紊地吃着烧烤,喝着冰水,没有人来等她们吃完抢地方,也没有人来人往地影响她们享受的氛围。大约那地方离商店并不太远,其中一个不久又离开烤炉到外面买了一些肉品回来摆上烤炉,尽情地享受着烧烤的情趣。后来,我在马里兰州广阔的原野里,也痛快地吃过一次烧烤,不过那不是三个人,而是一大帮子人;也不是在幽静的居民小区,而是在波涛汹涌的波托马克河畔芳草萋萋的树荫之下。

波托马克河在美国并不算太大的河流,而在东部地区却因为其美丽、清澈尤其是流经首都华盛顿而特别令人瞩目。波托马克河发源于阿巴拉契亚山脉,由南北两条布朗奇河汇流而成,流域面积达 37 000 平方公里;由西向东转而南,穿越蓝岭山脉形成层层叠叠的波峰浪谷,最终注入大西洋的切萨皮克湾,全长 590 公里。在这里吃烧烤是儿子的同学——居住在马里兰州的小远夫妇安排的,也算是工作和居住在附近同学们的一次聚会。那天吃过早饭,他们一家就收拾烤具、木炭、餐具、要烤制的肉类、谷类、调料以及饮品等等,装了满满几个箱子放在车上。那天是星期天,他们同住一个楼的邻居——一对南方的年轻夫妇也带上一整套烧烤的器具和食品,同我们一起去吃烧烤。大家开车不到半个小时就到达了预定地点,别的地方的同学也应约按时到来。

那里是一片开阔的地方,靠河边的岩石凸起,草木丛生,窄峡浅溪处有搭起的栈道和木板桥,是个风景别致,空气清爽的极好去处。时间也就八九点钟光景,这里就密密麻麻地聚满了各种肤色的人群。分布疏密不等的烧烤炉一个个烟火缭绕,伴着火炭炙烤物品的"嗞嗞"声把淡淡的香味四散飘去。一家人、几家人或一伙人的"烤主",有的已经把烤制好的食物端上了与烧烤炉配套的餐桌,有的则把硕大的衬布平铺在草地上,或坐或卧地大嚼起来。孩子们有的奔跑嬉闹,有的结伴交流,有的则在一边静静地玩狗,玩球,玩玩具小兔子……

已经没有空余的烧烤炉让我们使用了,儿子和他的同学们只好看准了一家即将吃完的"烤主",跟他们说定用完让给我们,便卸下带的东西,坐在旁边的餐凳上静静地等待。野外的烧烤对年轻人来说是一种浪漫的盛宴,动手操作自然是每个人争先恐后的事情。我当然不在他们之列,何况出于由衷的尊重,谁也不让我插手烧烤的事务。因此,也就腾出了我的时间好好欣赏一下波托马克河的优美风光,不枉到此一游。

我独自一个人沿着河岸溯水北上,沿途小径大都铺了石子,有的低洼处漫了水,需要绕来绕去才能找到可以踏过的落脚处,有时还需要借助倾斜的树干或躺倒的朽木,脚踩手扶,小心翼翼,生怕不小心脚下一滑掉进水里。高大的树木遮天蔽日,大河那边的树林不知有多深、有多远。道路越来越窄,树林越来越密,行走的人也越来越稀少。此刻,苏东坡《后赤壁赋》的句子似乎在耳畔响起:"予亦悄然而悲,肃然而恐,凛乎其不可留也。"心情虽尚不至到这个程度,可"云深不知处",总是不能再贸然往前走了。这时,我走上一片滩地,看着湍急的河水一路南下,又在一段连通两岸如同台阶的地方,齐刷刷地跌下尺许,让平荡的水面起了些许变化。

我不知道那如雷贯耳的"大瀑布"究竟有多大,可是再往上已经不能走了,只好返回头去往下找,才终于发现那被指称为"大瀑布"的原来就在烧烤"营地"的近旁。看看河中,不过是如同堆砌的几峰岩石,一处断崖。湍急的河水行到此处,似乎是"被逼无奈",硬向峰岩断崖冲去,水激波涌,浪花飞溅,涛声鸣响。我之所以忽略了这个所谓的"大瀑布",是因为我在国内不仅多次见过贵州的黄果树瀑布,而且在贵州比黄果树瀑布小得多的高崖悬水也比这"大瀑布"大得多。

儿子电话告诉我,各种食物已经烤制完成,让我回去吃。我想那么多人在等着,便匆匆赶去。儿子的同学把盛满各种烤制品的盘子端到我面前,一个个抢着说"叔叔吃吧!""叔叔尝尝!""叔叔还有这东西呢。"一连串充满热情的话语不绝于耳。

吃着这许多充满异国风味的烤制食品,有的焦脆,有的嫩鲜,有的松软,有的细滑。看着年轻人一个个活力饱满、精力充沛、感情真挚、亲密和谐,笑着那几个吃得满嘴、抹了满腮、沾了满手、吃完了又跑又跳的活泼的孩子,高兴之余不由生发出许多人生的感慨……

　　人逐渐散去,烧烤炉架和用餐桌凳收拾得干干净净;草地上没有留下任何垃圾。正如孟广春老弟长期观察得出的结论说:"这里的人是非常讲究社会公德的。"

快乐的动物世界

*

*

闲翻注古看图腾,怀远思深意下惊。

若不即时快收手,后来何处觅原型。

生物的多样性产生了快乐的动物世界。快乐的动物进入人世间,便让整个世界充满着快乐。居住在美国,能够随处感觉到这种快乐和欢欣。

谁家的兔子

隔着窗玻璃,在家里就看见了窗外蹦蹦跳跳的兔子。推开门趋近观看,形似野兔却又不敢贸然相信,野兔怎么可能进城,而且在市民的居住区里怎么会这么自由自在? 正在思索之中,眼前的一只忽然变成了两只,接着又来了第三、第四只,怎么这么多啊? 是不是谁家养兔子的笼子没有关严实,让这么多兔子跑出来了呢？可是等了好长时间，却并没有人来寻找"自家的兔子"。

住在这里的人家大都没有院子，家门外就是草地或者花园，野草、野菜、野花是足可以任由兔子吃之不尽的，而庭院周围的灌木和高草丛中，正好可以让兔子随意找个地方安身立命。在后来的日子里，我经常带着心中的"疑惑"注视窗外，发现这些兔子有时独自来，有时结伴来，有时还"拖儿带女"地合家来。原来它们早已是这里的熟客、常客，或者说它们才是这里的"主人"，因为它们在这里"安家"远比我来的时候要早。观察得到的结论证明了这些"野兔"的"户籍"身份，但"野"尽管"野"，可这些小精灵见了生人并不害怕，你要是走近一点，它们充其量也就往别处蹦跶一下挪一挪，算是"礼貌"地让让地方，依旧该怎么吃还怎么吃，该怎么玩还怎么玩。

经常来与兔子一起"玩"的是在屋边大树上上下下的松鼠和那些翩跹降落的鸟雀，另外还有我的小孙女。我的孙女只有三岁多一点，此时正上幼儿园，早晨往往睡不醒，硬要叫她起来就会烦得哭。任她睡去又会耽误吃早饭，也会过了去幼儿园的时间。于是，便每天早晨叫她说："容融起床了，小兔子在院子里等你呢。"听了这话，她便一骨碌爬起来，揉揉眼睛，让我抱着走出屋子，坐在门口的台阶上看小兔子跳跳哒哒地在草坪上吃东西，来了兴趣，还会从我怀里下到地上，跑过去给小兔子喂食。就这样，她那惺忪的眼睛和朦胧的睡意一会儿工夫都变成了生龙活虎，然后大口大口吃完早饭，欢蹦乱跳地上她的幼儿园去了。也许就是这样与小兔子建立了感情，有一次回国随我去一个农业观光园参观，见到园里养的兔子，便不停地拔起身边的苜蓿草，伸着小手喂给它们吃。喊她走的时候还恋恋不舍地说："再喂一会儿，它们还没吃饱呢。"

经常跟小孙女玩的还有那些整天蹿上蹿下的小松鼠。松鼠其实并不都生活在松树上，几乎所有的大树，如柏树、榆树、杨树、柳树等等，甚至路灯杆、电线上都能看到它们"鼠蹿"的风姿。只是在松树上它们可以不停地撕扯啃噬那些干枯坚硬的松果,不然就到住宅区寻觅那些人们专门给它们投放的榛子、核桃、玉米、水果之类的食物大快朵颐。因此,也就经常被我的小孙女追着当玩伴。有时候高耳朵的野兔和长尾巴的松鼠在一起,小孙女常常会捉迷藏似地参与其间,当她伸出小手要抚摸亲近的时候,却没等近前,它们就一溜烟跑掉了。有一次在华盛顿国会山的草地上,看着来来往往的松鼠,她跑近这只,这只爬上了树干;追逐那只,那只逃进了花丛。有的跑了之后还在近处瞪着乌亮的小眼睛,翘翘毛茸茸的小爪子似乎在有意地挑逗,直让小孙女追得满头大汗……这是浑然天成的欢乐场景,也是巧夺天工的美丽画图。

清晨,在鸟语中醒来

美国的居民区像是建在丛林里似的,尤其是那些几万十几万人口以下的中小城市和乡村小镇更是古木参天,花草遍地,衬托着千姿百态的建筑,看起来就像一座座花园。在这样的"花园"里生活,除了人类就是鸟类了,成群结队的鸟雀一会儿飞来,一会儿飞去,相互追逐,自娱自乐。所以,居家过日子倒也不用专门养个雄鸡报晓,每个居民区最先醒来的是鸟类。每天清晨,人们醒来最早听到的往往先是"唧唧啾啾"的零零落落,继而是"吵吵喳喳"的随声附和,后来就各占枝头,各站篱笆,各遛路沿,长鸣短啭,低吟浅唱,合奏为优美的天然交响曲。

在较大的城市里,住宅大都建在市中心以外,形成一个个相对独立的片区,一座座造型各异的低矮建筑也都笼罩在花树之中,那几乎高处低处都能看得见望得到的疏树密花,数百年上千年树龄的比比皆是。形如伞盖的树冠遮天蔽日,耸入云霄的枝干挺拔傲然。风情万种的花朵白如宣,红似锦,粉如缎,黄似绢,重重叠叠地形成了五彩斑斓的世界。在这个世界里,有数不清的鸟儿飞来飞去,鸣声抑扬。

鸟类的动则是往来纷繁的飞扬与嘈嘈切切的鸣啭；静则是巢居窠臼的孵化与繁殖。街道、园林、宅旁树杈上、花丛中、篱笆边、屋檐下，都有"鸟们"筑成的窝。我们家屋外头有一棵高高的榆树和一棵壮壮的柏树。树杈间、树枝上，高高低低地"堆积"了若干鸟巢，在窗外抬手就能够扯住的二三尺长的一段枝头就有两个。这些鸟巢有的是用干树枝搭建积累，有的是用细草棍盘织成型，还有的是用不知什么质料的细细的丝线拴连着柔软的草缕棉絮之类，如同挂着的吊床在半空中晃荡。大的像豪猪，中的像刺猬，小的像海胆，一个个在茂密树叶的遮盖下安然。早晨或傍晚，大大小小各种各样的鸟儿就会飞来飞去，轻轻地进出窠臼。这时如果站在树下，就会听到鸟巢里传出或塞塞窣窣，或叽叽咕咕的喂食声。待有幼鸟出窝，窝里没有了声音，地上却多出了许多连飞带跑、蹒跚觅食的小家伙。

田野里的鸟巢当然更多，森林、草原、湿地、峡谷、悬崖，河边，桥下等等的僻静地方都经常会见到鸟巢，有些占的面积还挺大。我与儿子在劳伦斯市郊克林顿湖岸边的湿地草丛中行走，本来是小心翼翼地为躲避脚下的蛇和蛙类，却没想到会不时看到有三三两两甚至更多的鸟蛋静静地躺在地面上的窝里，什么鸟下的蛋？下完蛋的鸟去了哪里？不得而知。有时候，冷不丁就有大鸟从脚下飞起，惊恐地离开蜗居的地方飞向高空，扶摇着，盘绕着不肯远离，瞅准"合适"的机会，又一头"扎"回原地的窝里。此时我不由地想起白居易那"劝君莫打三春鸟，子在巢中待母归"的诗句。我们虽没有打鸟却是打扰了它们，便赶紧离开荒草地，来到湿漉漉光秃秃的水边沙滩。在滩地，近处有一群鹳，远处有一群鹭，密密麻麻地侍立在水边，大概因为不想与我们为伍，它们腾空而起，划破早晨清澈而平静的湖面，一齐向远处飞去，飘下来的倒影则在湖水中荡漾。

人类有养鸟的习惯，而养鸟多是为了听它们那悦耳动听的鸣唱。我看到过许多有闲人的养鸟,其中就有我那曾经当过私塾先生的姥爷。在我的记忆中,姥爷家除了住宅,隔胡同的东边还有几间闲屋,套成了一个园子。园子的围墙不高,隔着围墙就能看见东南角一棵茂盛的山楂树。深秋的时候,老远就能望见熟透了的山楂满树火红。推开低矮的园门——其实是真正的柴扉——就会看到一个个挂在山楂树枝桠上的鸟笼在晃悠。笼子里的鸟我能记起的只有百灵、腊嘴、伯劳等几种,其他的就记不起来了。鸟们在笼子里蹦蹦跳跳,亮开漂亮的嗓门鸣唱。我经常悄悄来到树下,看它啄食、饮水、理羽,清早便贴着门缝聆听那悦耳的鸣声。这是我当年在姥爷家里最看重的乐趣。

直到现在,当我见到有人早晨或提着或挑着鸟笼在公园里"遛鸟"的时候,常常就想起姥爷白花花的胡须和喂鸟时那佝偻的身影。我小时候也养过鸟,用的那些精美的鸟笼都是姥爷留下的宝贵遗产。但我养的鸟都是在屋檐下掏的小麻雀或者是在麦田里、草丛中捧回来叫不上名的野生雏鸟。养鸟的目的则完全是因为好玩。喂给鸟的食物大都是家里的小米、麦粒、高粱米,还有从野地里捉来的蚂蚱,虫豸之类。或许是因为没有顺应它们的生长习性,养着养着就一个个中途夭折,没有哪个能活长久的。

美国的人家也"养"鸟,商店里有各种谷物和松子、葵花籽、玉米粒等等,或是单装或是混合供人们买回家喂鸟。但喂养的方式却与我们一般认为的养法迥然不同。看看许多聪明绝顶的居民,为了更多地就近观看优美的鸟姿,听取欢快的鸟鸣,便在自家院子的树枝上,窗户外篱笆旁安装各种鸟笼。那些如灯盏,如绣球,如吊罐样的器具,引得那些羽衣蹁跹、花花绿绿的鸟雀时不时飞来争着在那里啄食、饮水,清晨的时候尤其多些。那些鸟雀吃饱喝足之后,就盘绕在周围或自娱自乐唱着悠扬的歌,或翻飞跳哒着追逐嬉戏。"一箪食,一壶浆"就"收买"得这些"天然歌唱家"无休止地为人唱着山歌水曲,唱着南腔北调,唱着怡然悠扬。这些天然的美妙乐章合着居民们早晨悠闲的节奏,在灿烂的阳光中飘撒开去,弥漫在天地之间。

许多年前,青岛市民也在冬季食物少的时候自发到海边给海鸥喂食。每天,成群结队的海鸥掠过碧波荡漾的海面,穿过飘拂的白云从远方飞来,追逐被人们抛在空中或撒向波峰浪谷的可食之物。有的,则大胆地落在人的掌心、肩头,直接把食物抢走,落在海滩和礁石上细细地品味起来……

不可不防的人敌和天敌

和谐相处是生物界应有的生存理念,动物与动物和谐相处,也与人类和谐相处,就给世界带来生机,给城市和乡村的人居环境增添乐趣。但不可否认的是,千百年来,许许多多的“人敌”和“天敌”却给这种和谐带来无数的侵害。

按说,生物多样性的最大受益者是人类。然而,不容回避的事实是,除了不可抗拒的自然灾害之外,对生物多样性戕害最严重的也是人类。一直以来,人类凭借得天独厚的自身优势,出于为生活、为财富、为享乐或为获取快感等等的原因,对其他生物进行疯狂屠戮。当人类发现世界需要生物多样性的时候,许多生物已经灭绝,有的则到了濒危状态而不得不实行高等级的保护。据说印第安人就是因为追杀猎物而从亚洲经过白令海峡进入了美洲。往古的中国,一直存在着的皇家狩猎场以及民间的狩猎队,猎户、猎手代不乏人。进入现代,依然有些人把野生动物当成随意获取的“天然妙品”,以至于不舍昼夜大肆猎捕作为美食,作为财富,作为获取暴利的不可多得的途径。

现代人类的生产生活也有意无意地对许多生物造成了伤害甚至使它们遭受灭顶之灾。飞机大面积撒药,不仅能够杀虫除草,也杀灭了许多无辜的有益生物。鸟类吃了被灭杀的虫子,兽类吃了洒了药的草或中药害的动物尸体,也都可能因

"二次伤害"而死亡乃至让一地或多地的种群消失。缺乏规划的开发建设,道路、水系的更改延伸,城市的拓展扩张等挤占了其他生物赖以生存的家园,迫使它们流离失所,疲于奔命地不断迁徙,有的因此而灭绝。公路上的汽车也常常让许多活泼的动物死于非命。我在美国居住的门前,经常能够看到那欢蹦乱跳的松鼠正无忧无虑地从路这边往路那边奔跑,疾驰的车辆躲闪不及,顷刻之间就会因"车祸"而亡。在高速公路上,常常就会看到被车碾压的粉身碎骨的麋鹿、土狼等等。虽然相关路段设有注意动物的标识,但也总是无济于事。

气候的多变,自然灾害的发生也经常连累到动物,一场不是很大的狂风,就会使不少鸟巢倾覆于地。由于食物链的原因,动物与动物之间的伤害也经常发生。研究表明,在一些岛屿上,野猫60%以上的食物是鸟类。有资料表明,美国有7 700万只家猫,而其中仅35%被真正关在家中,大部分在户外游荡觅食,加上上亿只野猫,每年就有几亿、十几亿只的鸟类和小型哺乳动物进入猫的腹中。在我居住的康科迪亚市,经常见到有人专门在房子附近投食伺喂野猫,大约也是为了减少它们对其他动物的伤害吧。

文化的颠覆与回归

动物界的的弱肉强食由来已久,相互间的食物链自然天生,人类的干预不仅难以奏效,也没有必要人为地扬此抑彼。但是,长期以来人类对其它动物无休止地伤害却不能不引起足够的重视。

无须讳言,人类发展的最初阶段应该也属于动物界中食物链的普通一员,只是因为不断地进化,产生了高超的智慧和能力,才从那个食物链中解脱出来,成为其他动物的主宰。原始的人类为了果腹蔽体而对其他动物食肉寝皮尚情有可原,现在进入发达的现代社会,对其他动物杀戮的肆无忌惮就不可容忍了。

早在殖民地时期,居住在美洲大陆的人们便有组织地与欧洲和印度洋沿岸国家进行皮毛生意。在丰厚的利润诱惑下,当地居民对成群结队的大型动物疯狂猎杀。《美国史》记载:"1699 年到 1715 年间,卡罗来纳每年平均出口 54 000 张鹿皮……人们对柔软皮毛的贪婪几乎使当地的鹿种彻底灭绝。"(南方日报出版社 2012 年 12 月版第 71 页)这个时间,距离美国独立尚有 60 多年。而在建国初期,仍然有许多人从商业利益出发,对野生动物进行毫无节制地猎捕,致使野生动物资源急剧减少,曾经数量巨大的原生旅鸽和新英格兰草原松鸡几近灭绝。为实现人类与其他动物和谐相处,美国经历了认识、制约、立法等等多个阶段和过程,从各个方面唤起人类的良知、文明和文化的自觉,才有了现在所能见到的野生生物的乐园。

文化是无处不在的,是渗透在一个民族血液之中不灭的灵魂。文化自觉是民族生生不息的传承基因。2000 多年前孟子说:"君子之于禽兽也,见其生不忍见其死;闻其鸣,不忍食其肉。"(《孟子·梁惠王上》)天生万物,自有其生的道理;万物之有,也自有其有的益处。万物万类,乐天知命,和谐相处,不忍其死,不食其肉,实在是公平合理。尤其是当人们已经安居乐业衣食无忧,再去伤害野生动物的性命以满足自己的奢侈之欲,就不能不认为是贪婪、残忍和耻辱了。

记得我小时候的一个冬天,一只野兔进村觅食。大人们见到之后,便大呼小叫地后追前堵,直到兔子无处遁逃,最终成就了捉捕者暴殄天物的食欲。我还听到过不少的关于兔子的民谚,如"兔子叫门——送肉来了";"搂草打兔子,捎带的营生";"大年午更(午夜)来个兔子——有它过年,没它也过年"等等。这些民谚都是说捕兔子、吃兔子,却没有一个说的是保护兔子、喂养兔子或与兔子和谐相处。上学读书以后,一篇课文便有这样的句子:"棒打狍子瓢舀鱼,野鸡飞到饭锅里",也是说对野生动物的"吃"。这些,都是从远古,从食物短缺,从肉类食品严重匮乏的时代走来,始终传递着的文化信息、观念和习惯。

　　法律的健全和文化的自觉是保护野生动物、实现生物多样性的最有效的途径。细密的法律条文和严厉的执法才能不断规范人们的行为,长期的外在限制和自我约束才能养成自觉的习惯。多年来,我国按照"野生动物保护名录"实施自己的野生动物保护法规,对捕杀野生鸟类、兽类的野蛮行为不断进行制止和惩处;一些因违法而接受审判的案件和保护野生动物的善行良举屡见媒体;保护生态,和谐自然的风气逐渐形成。

　　2014 年春夏之交,中美两国领导人提出了继续加强在应对气候变化、清洁能源、环境保护等领域的合作。我想,从美国到中国,也不过就是一洋之隔,路途并不遥远。中国从喂养海鸥到喂养其他鸟类,过程也不会遥远。创造和形成人与动物和谐相处的环境,照样也不会遥远。

中国人植物垂睐和美国人不吃野菜

*

*

自来朝野本无分，感受知觉但在人。

却是存心比高下，即将嘴脸付疏亲。

　　植物在生态环境中占有与其他生物同等重要的位置，也是人类文明发展不可或缺的必要元素。植物不仅能够提供食品养活人，还能够作为药材医治人，拯救人。

　　中华民族以植物为食和用植物治病的历史记载，是从神农尝百草开始的。传说中神农是大部落的酋长，是上古时候的"三皇"之一。为了给他领导下的人民找到更多的食物，他走遍原野山川受过伤，尝尽百草千木中过毒，逐渐优选出了稻、粱、菽、稷、麦等，并开始了人工种植。在时任中共中央政治局委员、国务院副总理姜春云主编的《中国农业实践概论》中，这被称之为"农业的四大发明"

之一。神农尝百草不仅尝出了何种植物可吃和不可吃,也尝出了哪些植物可以祛病,可以强身,进而创成了中医中药。

千百年来,中国人民一代接一代,依靠植物充饥活命,依靠植物祛疾医病,也依靠植物喂养马、牛、羊、鸡、犬、豕,以获取同样用以果腹的肉、蛋、禽、奶。丰裕年景,人们尽享田里收的粮食、薯类和蔬菜;遇到荒年暴月,就得糠菜半年粮,或是常年都得吃糠咽菜,甚至连草根树皮也吃光了。这里所谓"糠菜"的菜,并不是一般意义上的蔬菜,仅仅就是指荒山野地生长的野菜。

野菜多种多样,有的可以吃,能够用来充饥;有的不可以吃,吃了就可能中毒,造成水肿、呕吐、腹泻,甚至丧命。据说神农氏就是因为误食了一种叫作"断肠草"的植物而去世的。神农氏之后,有多少代贫苦之人为了活命尝过、吃过多少种野菜,又有多少人因为误食而中毒、而丧命,已无人能知,也无据可查,但可以吃的而且吃着可口的一些品种,却代代相传,成为世人追求的美味。无论荒年还是丰年,人们往往都要采些或疗饥馑,或饱口福的。时下人们更是推崇野菜的天然、环保和营养,而食之以为贵了。当然,野菜也不可以采挖过度,不然也会造成物种灭绝的。写到这里,让我想起了被称为"中国最后一个士人"的大作家汪曾祺先生的散文《七载云烟》,里头记叙了当年他在西南联大吃野菜的情况:"学校周围有很多野菜,我们就吃野菜。校工老鲁是我们的技术指导。老鲁是山东人,原是个老兵,照他说,可吃的野菜简直太多了,但我们吃得最多的是野苋菜(比园种的家苋菜味浓)、灰菜(云南叫做灰藋菜,'藋'字见于《庄子》,是个很古的字),还有一种样子像一根鸡毛掸子的扫帚苗。野菜吃得我们真有些面有菜色了。"

或许也正因为中国人对植物的无比垂睐,充满着无限的向往和寄托,进而产生了浓重的植物祭祀文化。中国古代一直都有祭祀五谷神的习俗,明朝之后的北京专门建了社稷坛(也称地坛),作为皇帝与百官每年祭祀土地神和五谷神的地方。我在北京居住期间，基本上每天早晨都散步到那里，有时也围着"坛"转几圈。民间故事和传说里有关树神、花神和瓜果神等等的情节与形象也不计其数。各地特有的与植物有关的习俗更多。胶东农家在春节那天用白菜、韭菜调饺子馅，寓意家里常进"白（银）财、韭（久）财"；二月二"龙抬头"这天，在自家门口撒"灰囤"。就是用草木灰撒画成"粮囤子"样的图案，并在图案的"囤子"里面撒上"五谷"，祈望一年的丰收；端午节则在各家门口插艾蒿驱瘟辟邪；另外许多地方还把农历的六月六日作为"五谷节"来庆祝；婆媳妇迎亲必须有大枣、板栗、花生，寓意"早立子，男孩女孩花花着生"；家里挂牡丹画，希图"花开富贵"；挂竹子画，为了"竹报平安"；挂柿子画，寄望"事事如意"；春天到野地挖苦菜吃了"败火"，夏天从树上采几把石榴叶烧水喝了解暑……

富也好，穷也好；丰也好，欠也好，中国人对植物的垂睐世代相传，对植物的亲近不分驯化或是野生品种，每时每刻，每地每域都是那样的钟爱，那样的眷顾。美国是粮食大国，商店里的粮油食品和肉、蛋、奶及各种蔬菜是非常丰富的。虽然美国人不吃野菜，我却听到不少有关在美国的华人吃野菜的故事。其一是密歇根州一对住女儿家的老夫妇到野外采挖野菜改善口味，不仅自己吃，还用野菜烹饪制作的美味佳肴招待外面来的亲友。有一次他们在家里请美国教授吃饭，一桌盛宴 10 个菜有 4 个是用野菜作原料的，有凉拌马齿苋、清炒荠菜和油煎槐花饼等，吃得那位洋教授连声夸赞中国人聪明，说这是充分开发和利用植物资源。其二是一位在弗吉尼亚上学的中国留学生，散步时在沿途的树林里发现并采摘了不少金银花，回家煲茶清热；在路边的石缝里发现了可以用来治疗多种疾患的车前子；在威斯康辛州采到可以作为礼品送人的野生西洋参等等。

我在美国关注过野菜，也挖过野菜，吃过野菜。在美国广袤的田野里，随便走到一个地方都可以看到一些可吃的野菜，如圆叶子的芙子苗、条叶子的扫帚菜、小节短蔓的扁荠草、有点像豌豆苗的苜蓿和树上生长的榆钱、槐花、香椿等等,最多而且分布面最广的是蒲公英,从我们家住宅门前的草坪一直延伸到广袤的原野。据《美国史》记载,蒲公英与车前草、蓟草、莎草等 20 余种生命力极强的杂草最初都是随着进口的稻草和粮食从欧洲带来,进而蔓延到整个美国的。土著的印第安人还为其中的车前草取了个形象的名字——"英人之足",意思是说英国殖民者走到哪里,哪里就长出了这种植物。

春天,不论是走在田间小路还是城里的人行道边,随处都可以见到茎叶鲜嫩的蒲公英茁壮地生长着,就是白宫前的草坪,也少不了这种植物的倩影。在我国,蒲公英是人们常吃的野菜品种之一,还是中医看重的解毒消痈、清肝明目的良药。这种野菜同普通蔬菜一样,可以用多种方法烹调各样菜肴。我从小就经常吃,自然对其深有感情,所以在美国看到了也就情不自禁地采一些带回家做了来吃,或生或熟,或炒或蒸,随意得很。比较常用的一种做法,就是用开水焯一焯包包子。鲜嫩的蒲公英叶子配上上乘的猪肉调成鲜美的馅儿,包出的包子蒸熟了热腾腾鲜香嫩滑,吃起来的滋味要多美有多美。

中国人的植物崇拜有中国的历史文化背景,美国人不吃野菜自然也有他们的历史和环境原因。总体来讲,北美大陆自然条件优越,猎物充足,土地肥沃,粮食和蔬菜供应充足,没有吃野菜的必要。加上欧洲移民的商业传统和贵族意识,人们没有吃野菜的习惯,也没有那种饮食文化。1609 年和 1610 年冬天,美国的詹姆斯敦饥荒中,人们吃光了豢养的马匹、猫和狗,又捕捉田鼠充饥,却没人想到从植物里头寻求生计。

中国也曾经历过人吃人的饥荒。这在正史、野史和民间传说中都有涉及。而发生这样的惨剧又都是因为草根树皮吃光了饿红了眼才发生的。清朝大才子纪晓岚《阅微草堂笔记》中的《周某》篇,记载了明崇祯年间,河南和山东旱、蝗灾害,草根树皮吃光了发生的人吃人的事。说有被称为"菜人"的妇女、儿童被绑到店家出售,由屠夫像猪、羊一样宰割叫卖。生意人周某一次路过东昌府吃午饭,屠夫牵过两个女子说:"客人久等了,就先拿一个蹄子来吧。"手起刀落,一个女子一声惨叫,右臂已被砍下。两个女子见到周某,一个哀求速死,一个哀求救命。周某动了恻隐之心,便为他们付了赎身的银子。看看被斩下手臂的那个已不能生存,由屠夫当胸刺死;另一个便领回家做了自己的小妾。后来,小妾就给他生下了儿子。故事说,周某本来命里无子,因做了这"口里救人"的善事,老天"特批"了个"儿子指标"给他,为他续了三代香火。美国学者威尔·杜兰特夫妇在他们的《历史的教训》一书中说:"当食物丰盛时竞争是和平的,当粮食紧缺时竞争是充满暴力的。动物之间相互吞食而没有丝毫愧疚……"

中国漫长的历史,有太平盛世,也有战乱灾荒,充饥活命对包括野菜在内的植物依赖由来已久。而美国除了最初移民阶段的局部困难之外,基本就没有人挨过饿。即使是在 1930 年前后发生的经济大萧条时期,金融崩溃,农业衰退,而粮食、肉类的市场供应并没有减少。普通民众的生活境况也没有特别困苦,所以对野菜作为食物的认识始终处于空白状态。而且,美国人习惯于吃肉,因而饥饿的时候宁可吃猫吃鼠也不向植物里寻求食品。据说因为西方人吃肉较多,所以他们吃饭用的刀叉是模仿食肉类动物撕扯的爪牙创造的;而中国人使用的筷子则是以食谷物为主的鸟类的喙仿造的。

任何传统习惯和民族文化的形成都是与其产生、发展的历史背景分不开的,就连"吃不吃野菜"这个极普通的问题,也在这个规律的规范之内。具体到一个人,其习惯和意识也与自己的经历和生存环境分不开,这是毋庸置疑的。有人说美国人不吃野菜是因为野菜没有检疫,影响健康;也有的说是他们是为了保护野生植物免受伤害等等。这样的说法,都实在是些不着边际的臆想和牵强附会。

饥荒年代连命都不保了,哪里还有那么多卫生讲究和生态忧患啊!

　　野菜确实好吃,也实在有益健康。现在的中国人常视野菜为养生食品无可厚非,而美国人不吃野菜也实在有点可惜。不过,吃野菜一定要认清品种,也要讲究季节和烹饪方法。不然,轻则不爽口,重则是会出人命的。

一言难尽说采矿

*

*

采矿开挖数里长,珍稀贵重价高昂。

进深凿远无休止,待到休时物已光。

坐落在加利福尼亚州南部的圣加布里埃尔山,是美国太平洋海岸群山的一部分,从纽霍尔山口至卡霍山口,约 100 公里长,海拔最高处的圣安东尼奥峰高达 3 000 多米,美丽的洛杉矶市就散落在山脚下。

这座山经常发生震惊世界的山火,上万公顷的森林被焚烧殆尽,万余户人家被紧急转移。我来到这里的时候,燃烧过的灰烬还历历可见。山下市内的街道、公园和居民区早已繁花似锦,而山上那些过火的树木依然挺着焦黑的枝杈茕茕孑立。在穿过圣加布里埃尔山的 66 号公路上有座横跨阿罗约塞科峡谷和洛杉矶河的大桥,全长 457.2 米,自 1913 年建成以来已经有约 150 人在此跳下,结束了自己宝贵的生命,因而被排在世界"十大自杀地"的首位,让人对这座桥,这座山,这座城市愈发生出了无限神秘之感。

圣加布里埃尔山及与之相关联的崇山峻岭究竟蕴藏了多少矿藏,大约没有多少人能够说得清楚,只是 19 世纪中叶在美国的西进运动中兴起的轰轰烈烈的淘金热潮,确实发生在这里。此刻,当我在圣加布里埃尔山脚下专用于人们骑车或散步的小路上行走时,依然可以见到高大的采矿机械在不停地运转,却不知道是在采金还是其他别的东西。

我远远地望着半山腰黑洞洞的采矿坑口,高高架起的卷扬机把采出的矿石装到传送带上,从我正走着的小路上空经过,在另一边折转下降,贴着路边输送到远处的矿石处理加工厂。这样七拐八弯地传送运输,却不见任何一个环节扬起粉尘,也没有一点泄漏的矿渣。这其中的奥秘,就是他们在整个过程中所有可能扬起粉尘的环节上洒水,在可能颠簸泄漏的环节采取严密的封闭措施。

这自然是理性而又文明的采掘,也是在法制规范下的采掘。没有法制的规范,在高额利润的驱使下,理性就会荡然无存,文明也可能丧失得无影无踪。当年这个地区发现丰富的金矿之后,引起了全美国乃至整个世界的轰动,四面八方的人像潮水一样涌到这里,发疯似地圈地挖矿,占水淘金,所有的生活秩序、生产秩序、社会秩序、生存秩序都乱了套,什么地貌,什么植被,什么环保,什么生态,甚至连人性也都成了黄金暴利的牺牲品。在黄金大王的思想深处,除了榨取高额利润,其他的一切都统统见鬼去吧! 矿产资源本来就是大自然赐予人类的财富,谁拿到了谁就会成为富翁,成为"有钱能使鬼推磨"的天王老子。所以,一旦发现哪里蕴藏了富矿、贵矿,那些富有发财欲望和占有能力的人便会蜂拥而至,抢夺、霸占和劫掠的恶性事件也就司空见惯了。金钱的力量往往会使人疯狂,金钱的暴力能够使所有的道德、法律和秩序崩溃,任何的管理和整治都会显得捉襟见肘。

我国的采矿业曾经也是非常令人痛心的。采矿业有一阶段提出了"有水快流"的口号,对经济的发展一时起到了相应的促进却无异于饮鸩止渴。随着"有水快流"同时而来的是开采的无序、野蛮和失控,"有水快流"很快变成了"污水横流","粉尘飞扬"。植被被倾覆,生态被破坏,粮田被摧毁,人畜也惨遭横祸。常常一块好端端的耕地,因为地下藏有富矿,一夜之间就变成了矿坑。而依靠承包的几亩土地安稳度日的农民,往往一觉醒来就找不见了土地,就眼睁睁地无可奈何。求助无门的农民,面对着财大气粗的矿山老板,抗争的结果只能是失望和绝望。淙淙流淌的河水,由于上游的选矿排污,清澈变成了混浊,绿色变成了墨色、橙色或五颜六色,致使一方土地地表地下没有了一滴净水,"一处害"蔓延到"一路害""一域害"。活生生的现实是,哪个地方遭遇了野蛮采矿,哪个地方的大地就千疮百孔,人们就了无宁日,直到矿产资源枯竭或者矿石市场萧条。

我曾经参与调查过一个被粉尘污染影响正常生长的果园,看到一株株正值盛果期的果树。那时节,本应油绿葱郁生机勃发的枝叶却是灰蓬蓬死沉沉的,萎缩卷曲的叶片沾满了厚厚的粉尘,偶尔见到的零星果子,一个个蓬头垢面,毫无生机。园主人无奈地说,你看看,这么多的石头粉末满天飞,又从天空落到树上,植物的光合作用根本就没法产生,果树怎么能够生长!看看紧靠果园的不远处,几台庞大的碎石机一拉溜排着,"吭吭哐哐"地吼叫着,大块大块的石头被填进机器,"咔咔嚓嚓"几下就变成了颗粒。机器出口吐出来的建筑用石子堆积如山,大型运输车来来往往,源源不断地把满车满车的石子运向远方。紧跟着碎石机的响声和运输车辆的滚滚车轮,撒落的石子和弥漫的尘土一股脑儿漫散四方……

文明采矿是要增加成本的。以利润最大化为目的的采矿老板当然心知肚明,他们绝不会"傻"到连这点常识都不懂的地步。从野蛮采矿向文明采矿过渡,当然不是采矿者的自觉,也不会是他们有朝一日的良心发现,而是要靠行政管理的不断严格规范和法制体系的不断健全。美国联邦和州政府一步步逐年加强了对矿产资源开采的管理和规范。从 1971 年开始，他们先后制定了联邦《通用矿产法》《矿产租赁法》《建材矿产法》《地热法》和《露天采矿控制和复垦法》，并随时根据实际情况对各项法律法规进行修订和完善。

　　根据实际情况，我国也逐步加强了对矿产开采和生态保护的执法管理力度。尽管在很多方面还有待提高，但是相信随着法制的不断健全和惩治腐败的力度加大，一切都会逐渐好起来的。近几年，我国有关部门和专家学者也先后分批分期地到美国考察，向美国同行认真学习和探讨矿产开采管理领域的规律和经验，并提出了符合我国国情的对策，引进了一些先进的管理方法，使管理机制不断得到充实和完善。2014 年 1 月 13 日，国务院总理李克强在中南海紫光阁会见美国《科学》杂志主编玛西娅·纳特一行时说："我们要向污染的环境、不清洁的水、污浊的空气宣战。"这更让全国人民看到了希望。

　　我就这样走着，看着，想着。矿产开采加工和销售的链条蕴含着巨大财富；其管理和规范是一个涉及广泛的系统工程，牵扯到许多方面和环节，哪个环节不到位哪个环节就有可能"掉链子"，从而影响整个系统的运行；这不能不引起管理者的高度重视。几天之后，我又沿着山下的矿产开采、输送和加工的传送系统走了一趟，发现他们加工后的尾矿又送到了更远些的一个很大的土坑里面，湿漉漉的矿渣一车一车倒出来，不知他们是仅仅为了堆放还是另有别有用途。

　　矿是要采的，人类对于大自然的恩赐从来都没有谦让过。但人类要有良知，人类的活动要由良好而完善的秩序来规范。不论是谁，都不要不择手段地企图逃脱这种规范。而负责执行这种规范的人也不要为了一己之私、一时之私拿手中的公权作交易送人情，动不动就来个"放谁一马"……

路口且停三秒钟

* *

看似停留转瞬间，人车与物各攸关。

观察不是寻常事，有利平生万万千。

在美国，"STOP"标识牌伫立在公路和城市街道的很多路口，不论是交叉还是拐弯还是丁字路口都有。"STOP"是一个告知暂停的标识，就是提醒司机朋友开车到此之时暂停一下，留心躲避可能同时经过此地的车辆和行人，以保证行车安全。这不仅是行车人的礼貌和自觉，也是交通规则的明确规定："路口须停三秒钟。"

"三秒钟"，实在太珍贵了。许多恶性事故都是在一秒甚至半秒钟的时间里就发生了，而且永远不可挽回了。美国《世界日报》报道，2014年5月3日晚上，一辆现代轿车和一辆法拉利跑车在蒙特利公园市相撞，车辆损毁严重。经法医鉴定,疑为酒后驾驶的现代轿车车主身受重伤;驾驶法拉利跑车的中国留学生当场身亡,同车的女友也受了重伤。报上同时刊登的照片表明,这起事故就发生在一个路口,根据车辆损坏的程度分析,两辆车当时都开得很快,或许也都没有遵守那个暂停"三秒钟"的规定。假设——这个假设对已经发生的事件本身当然已经毫无意义——当时能有其中一个遵守规定,抓住了这珍贵的"三秒钟",这场恶性事故就有可能避免。

可贵的三秒钟,不知能够保护多少人的生命!

美国是汽车的王国,是"车轮上的国家",而这个"车轮上的国家"对"车轮"的使用和管理不能不说是真正的经验丰富。他们管理严格,而且处处体现了法制化、人性化。在美国,每个 16 周岁以上的公民或合法居留的外籍人士都可以申领驾驶执照。因为美国人口少,人口密度低,居住比较分散,上班、下班、购物、外出等等,如果自己没有车或不会驾车是非常麻烦的。而且,美国绝不像中国这样有那么方便的公共交通,大约也是因为与私家车辆此消彼长,互为因果的关系,铁路客运萎缩,长途汽车不多,城市公交也少得可怜。据说 10 000 多平方公里的洛杉矶全市只有 60 辆公交车,也没有地铁,可见其公共交通的贫乏。所以,不论是上班工作,下地劳动还是居家过日子,都要有车并学会驾车。

在美国,申领驾照是非常容易的事,收费不多,也没有那么多驾校和旷日持久的专门培训。只要申请人到主管部门办理了手续,通过交规考试,就可以进入申领驾驶执照的程序。任何一名有一年以上驾龄的司机都可以当师傅,跟着师傅学开车的徒弟感觉学得差不多了就可以去参加路考,通过了就取得正式的驾照。因州而异,整个申领驾照的各环节包括领证的费用加起来一般也就十到几十美元,时间半个月左右就可以了。当然,要考取用于客货运输的经营性用车,驾照的程序就复杂得多,也严格得多。收费倒也不是太高,一般也就一两百美元。

进驾校学习花费会多一些,但并不是必须进驾校才能拿到驾照。

在路上行车的规矩执行起来是非常严格的,譬如开车必须系安全带,起动前要环顾四周,不能超速,看到有过马路的行人要提前放缓速度或刹车,乘车的婴幼儿必须坐安全座椅等等。车辆不实行统一年检,车上的零部件都要看功能是否正常,是否能够保证安全行驶。警察管控违章车辆只能在现场进行,不能靠摄像头拍摄,因为这属于"侵犯人权"的行为。行车违章一旦被发现是要重罚的,超速一次常常要罚 100 多美元。商务车连续行驶 10 个小时之后必须停下休息,而且要有行程记录,否则一次就要罚 1 000 美元以上,所在的公司也要被扣分,还要被列入检查的重点对象。在美国,哪个人也没有超越法律逃避处罚的特权。据说美国总统奥巴马的叔叔有一次酒驾被发现,他亮明身份说是总统叔叔,警察却并不理会,依然照查、照罚、照抓。如果有谁企图逃脱惩罚而依样学样地对当事警察递烟、请吃甚至实施贿赂,麻烦可就大了,不仅达不到目的,还会因此吃刑罚。

中国的交通管理法规也很完善,但个别情况下的执行似乎没有美国那么严密、严格,这除了体制上的原因之外,与汽车数量的激增,而道路和各方面管理设施一时跟不上去也有很大关系。这正如一家刚建起了一栋大房子,各方面生活设施还不完善就忽然来了一大群客人,任什么接待高手也没有办法招待得十分周到的。

在美国,机动车几乎就像吃饭的刀叉和盘子碗一样是必须要有的。而美国人对自家车的品牌似乎并不那么在意,所讲究的主要是安全实用。美国是世界制造业最发达的国家之一,国产汽车许多都是世界顶尖级的品牌,但要看看路上跑的多数还是很普通型号。尽管多数美国人使用国产车,但也不乏日本、韩国产的经济实惠的低油耗小型车。除了大众型轿车之外,许多美国人喜欢那种看起来壮实猛重的皮卡车,因为这样的车马力大、爬坡和牵引能力强,载人、拉货和拖挂都方便。不管是租房搬家,还是打理自家房子和庭院,运点砖石、木料、垃圾、树枝和枯叶,或是出门消闲游乐时拖个房车、游艇或者越野摩托之类,都离不开它。

本着从实用出发,当然也就没有多少人为了显摆为了抬高身价而去买价格昂贵的豪车了。据说,美国人刚取得驾驶执照时开的第一辆车大都是比较便宜的二手车。不少大、中学生开车上学,即便家里特别富有,开的也多是家中的旧车。因为新手上路很有可能会在前两年内发生车祸事故,有的甚至还会因此报废,这是有统计数据可资证明的。不论美国国产的还是进口的车辆,在美国的售价比较在中国都要低许多。这几年大量自费到美国留学的中国学生很多都是财大气粗的富二代等群体,他们一到美国见了那么多豪车,又比国内便宜许多,就像怀揣大把金钱的饿人来到豪华酒店,看着那么多晃眼珠子的佳肴珍馐,常常不管有没有营养,不管适不适合自己的口味,只管什么贵就点什么吃似的,专门挑名牌买豪车。有一个流行多年的笑话,说一个留学生到美国,看了那么多好车名车不知道买什么样的好,便打电话给他在家的土豪父亲。他父亲问他美国的富人现在坐什么车,儿子说人家这里的富人都坐地铁。父亲接着便说,那好吧,咱就买一辆地铁,管它多少钱,反正钱我们有的是。一家市场研究公司调查,2013年,中国留学生在美国购车的金额达到了 155 亿美元。

美国交通的规范管理,严格执法,保证了行车安全系数的提高,事故率逐年呈下降的趋势。2014 年的一个官方统计数字表明,全美登记在册的机动车 2.6亿辆,平均每不到 10 个人就拥有 8 辆车。从 30 多年前到今天,美国汽车保有量增长了 3 倍,而交通事故死亡人数却从每年 5 万多降至 3 万多。

在小镇上的一个丁字路口,为了给一个骑着童车的小女孩让路,三个方向要经过的车便停下了七八辆,一直等到小女孩哼着口里的那几句听不特别明白的歌,蹬着车子吱呀呀慢腾腾地走过。

这是"路口且停三秒钟"的一个真实场景。

小园香径独徘徊

*

*

混沌初开赖小农,衣身裹腹度轻松。

今来顿起田园意,但计莼鲈不计功。

这标题出自宋代晏殊《浣溪沙》里的一个句子,全词是:"一曲新词酒一杯,去年天气旧亭台。夕阳西下几时回?无可奈何花落去,似曾相识燕归来。小园香径独徘徊。"

晏殊,抚州府临川人,生于公元 991 年,当过宋朝的宰相。他生活在宋朝的全盛时期,经历了太宗、真宗、仁宗三个时代。当时,宋朝的国土面积是 460 万平方公里,人口 11 000 多万,年税收白银达到 1 亿两以上,是世界上最富有的国家。京城汴梁和另一个南方的城市杭州,人口都超过了百万,已经是世界上最大的都市了。

当时的宋朝有许多地方与现在的美国相似。据美国国家审计局公布的数字：全美国土面积 983 万平方公里，人口 3 亿多，人口密度每平方公里约 30 人，而宋朝当时每平方公里约 25 人，两相比较不相上下。现在美国为世界首富，国力强大；当时宋朝也是世界首富，雄视天下。只是，宋朝当年失之于武备荒疏而最终流于覆亡，而此时的美国正如日中天，欣欣向荣。这或许是偶然的巧合，不足以为明证。不过，当我走在美国居民区的街道上，看着两边娇娆的景色，思绪中就猛然涌出了晏殊的这个句子，也因为晏殊便想到了大宋，想到了一个社会和人生的奇异命题：是不是只有在这种物质文明发达的背景下，才可以或能够有这样的小园，才能有这个"独徘徊"的情怀？

美国城市居民区的街道，大都是以顺序号命名的，居民住宅大门的朝向一般都临主街道。在两条主街道中间还有一条较窄的"次路"，连接通往后门的小径，主要为了一家一户车辆和行人进出方便。散步进入这样的小街道，在两个居民住宅区域的中间，我见到了一个精美的蕞尔小园，在十几米见方平整阴湿的地方，种植了芹菜、生菜、芸豆、豌豆、黄瓜、西红柿、马铃薯等等；边角处还有几株玉米，一垄垄，一畦畦，几种几样排列在一起，硕壮而油绿的茎叶在刚浇过水的泥土上生机勃勃。垄与垄，畦与畦之间以及每一植株周围，都覆盖着麦草和刚从草坪上修剪下的草屑。

这是我在美国居住期间第一次注意到的小园，也就是这个小园引起我关于晏殊的《浣溪沙》等等的一系列思索。本来，我观察的多是那些奇特的建筑，高大的树木，开阔的原野，肃然的墓地等等，把其他的零零星星都看成了点缀。无处不在的草坪则是美国住宅区的主要特色，这个特色对于包括我在内的"勤劳朴实的中国人"来说，往往感到很惋惜——这么大的地面，那么多就在自家房前屋后的空闲地，开出来种上蔬菜，足够一家人乃至几家人吃的了，而且新鲜、及时、采摘方便，吃起来放心省事，又不用花钱去买。在国内，不用说大到一二亩的地方，就是方寸之地，也都要栽上棵南瓜，种上墩扁豆，总不能让它那么闲着空着。"春天捅一棍，秋天吃一顿"，这是亘古的遗训。自家住宅旁，又不是什么公共绿地，怎么还非要种那些百无一用还要时不时浇水、施肥、修剪、除虫、更新，费工费事费钱的茅草不可。据说德克萨斯州一位 70 多岁的老妇人因为没有给自家的草坪修剪而被逮捕，直到附近 4 个男孩赶来帮她割完才算了事。唉，这又何苦呢！

我当然只是这样想，这样进行毫无意义的异国比较，并无意有什么抱怨和指责。一国有一国的风俗，一地有一地的习惯，一人有一人的观念，不可以个人好恶去评价和要求大千世界。如果那样的话，就会产生许许多多无谓的烦恼。何况，那么一片片甚至比地毯还漂亮的草坪确确实实也是非常赏心悦目的。在无边草坪的空隙里关注了这个小园，让我对这个城市居民区的环境有了重新的审视，视野忽然间就多出了许许多多原来熟视无睹的"园"。除了菜园，还有那一个个花园啦，果园啦，嘉木异卉秀石园啦等等。当然，还有在这些小园环绕中的一家一户立着滑梯，吊着秋千，支着蹦床，堆满童车和玩具的儿童乐园。

小园随处可见，几乎家家门旁、屋角、树下、草间都有。每个"园"都有各自的当家项目，加起来就许许多多，风情万种。花园里有郁金香、鸢尾花、蝴蝶花、风信子、兰花、芍药、月季、蔷薇，还有那些叫不上名字的大大小小的花朵，红的、白的、黄的、粉的、蓝的、紫的，五彩缤纷，千姿百态；果园有高的杏、矮的桃、密实的樱桃，疏朗的石榴，华实应季，风色宜人。其实，小园的果树并不多，一般就是三五棵就成了一个园。有的只是一棵树，围了畦盆，便于施肥、浇水。还有一些栽在路边的，虽是果树，却实在也不能算是园中之物。最明显的是路边排列成行的几株老梨树，春天繁花如雪，却也没人去疏花、授粉、整枝、灭虫，任其自然而散乱地生长，据说长成的果实也酸涩得无法入口。

小园的风格独特而别致，一个有一个的模样，长的、方的、圆的，借形就势不规则的各式各样都有。有的就那么平地扑拉着，没有什么遮拦，也没有人担心被谁踩了、折了或任意采摘去了，因为在人们的心目中这并不觉得有什么稀罕，只是生活的一种情趣。不过，所谓没有遮拦，倒也不是所有的地方都没有。有的，却是作为对小园的装饰。这种装饰，一些是几块石头的堆砌；一些是几片木板的间隔；一些是钢管的支撑；一些是丝网的环绕。一道道植物生成的篱笆，攀爬得高低疏密，倒也时时彰显着五彩斑斓的风姿。白白的碎花，就像高崖流淌的瀑布；红红的细朵，如同平地铺开的织锦；冷不丁从哪里垂空而下的藤萝，在微风的吹拂中却似美人莲步轻盈的裙裾……

清晨或傍晚，经常可以见到悠闲的人们在侍弄心仪的小园。有男的，也有女的，大都是苍颜白发，健朗安然，很少见到壮年，更见不到年轻人。好在，侍弄小园并不用费多大的气力，只是启动水龙头浇浇水，提着袋子施施肥，弯下腰拔拔杂草，剪剪枝叶，打打杈子，或者梳理，或者捆绑之类的活计，只是一种闲情逸致，自得其乐的营生。

我不知道，也无法想象晏殊词里描绘的那个小园是什么样子，也不知道晏殊那一刻所徘徊的小园香径是自家的还是别家的。看看他那"酒"啊，"花"啊，"亭台"啊，"夕阳"啊，分明是大户人家才有的那种极尽奢华的私家园林，并不是我眼前这样的几垄菜、几株黍的完全是"实用主义"的小园。虽然，据说当时的汴梁城还有20多万农民，但这样的"小园"也绝不会是农民苦心经营供给市民菜篮子的那种"田园"。他那个"徘徊"也只有有闲阶级才可能有的安逸。整天为生计疲于奔命、为养家糊口呕心沥血的人，不仅不会有这个情调，也没有那么多闲心思去那既不能充饥，也能不解渴的小园里瞎逛悠的。

此时的小园，是作为发达工商业社会留存的农业精魂。建造和侍弄小园，是人们对自然美景的本能向往,是一种自我调节生存环境的忠诚实践。作为曾经的农民或是农民后代,这是对农耕方式的由衷眷恋还是对先民,对土地,对大自然的一种不由自主的敬畏和凭吊?

也许都有吧。

毕业的季节

*
*

人生子女树生苗，雨润风滋日日高。

长寄平安无近远，心头牵挂暮连朝。

美国的 5 月，是"毕业的季节"。在这个季节里，小学、中学、大学的学生到了学制规定的节点上就都要毕业了。连幼儿园的孩子到了上小学的年龄也"毕业"，而且与各级各类学校一样郑重其事地举行一个毕业典礼。因为我有一个在上幼儿园的孙女和一个教大学的儿子，也就"近水楼台"，有了几次参加毕业典礼的经历。

第一次参加的是孙女所在幼儿园的毕业典礼。这个幼儿园是康科迪亚大学办的，一般只收学校教职员工和学生的子女。美国规定孩子的上学年龄与中国一样，也是年满 6 周岁（5 周岁时到小学校上一年学前班），所以孩子到了 5 周岁就要从幼儿园"毕业"。虽然,这个幼儿园当年只有两个孩子到了"毕业"的年龄,但毕业典礼却办得隆重而热烈。园里统共也就是几十个孩子,仅仅靠那些孩子和幼师、保育员也热烈不到哪里去。但是到正式举行典礼的时候,从场地规模到参加人员的数量都大大超出了我的想象,"小毕业"硬生生地办成了"大典礼"。

典礼定于2014年5月第2个星期五的下午,美国中部时间夏令时下午6:30,离天黑还早,地点在康科迪亚市的中心公园。在规定的时间之前,参加典礼的一家家的人就或徒步或开车从四面八方赶了过来。有的来了孩子和父母一家三口,有的来了爷爷、奶奶、姥姥、姥爷,有的连孩子家里的兄弟姐妹也来了,这样人数就增加到了几倍、十几倍。参加典礼的人按照事先告知的要求,一个个端着盘子,提着篮子,拿着盆盆罐罐,盛满了代表自家厨艺的各种食品,有圆圆的汉堡,长长的香肠,松软的酥饼,晶莹的奶酪,流汁的丸子和沙拉酱加巧克力搅和的水果块……当然,最少不了的还是一份具中国特色的美馔——饺子。

典礼活动别具特色。先是幼儿园负责人、幼师、保育员同幼儿和家长代表手拉手围成一圈,跳着唱着地活动一番,表达热烈的亲和,然后就一起用餐。各人拿着自家带的餐具,不足的就用中心准备的一次性托盘。如同自助餐一样,吃什么按自己兴趣随便选择,当然也不管谁家带的,谁都可以拿了吃。看看一样样精美的饭菜,就知道为了孩子们的这次隆重的毕业典礼,各家都动了心思和厨功。

一家家的人坐在一起,有的一排坐,有的相对坐。有的是久别的畅叙,有的是初交的认知,有的是家庭和幼儿园的交流与沟通,更多的是孩童间的边吃边嚷边比画的生动活泼,天真烂漫。野餐结束后是正式的典礼仪式,大家都集中在餐厅前面的篮球场上。先是幼师和家长一起给两位"毕业生"戴上"学位帽";然后幼儿园负责人讲话;接下来是颁发毕业证书;还有小毕业生稚气未脱的"感想发言"。喜庆、鼓舞、祝贺,欢声雷动,笑语不绝,幼儿、家长、老师乐在一起,形成了欢乐的海。热闹的活动吸引了公园里其他游人驻足相看，路上来往车辆的司机也侧目相望，关注着这"盛大"而奇特的活动。

活动期间还有一个意想不到的额外项目。有个小朋友当警察的爸爸免费提供警车参观和相关知识问答，面对面热情而详细地给大家讲解使用安全座椅对于儿童乘车安全的重要性，并且现场演示示范如何正确安装固定安全座椅，履行他一个警官临场指导的义务和责任。警车里面，各种警用设施、警械、步枪以及电脑等等一应俱全。警车的后备厢里，还有用于应急的修理工具，包括可以加固安全座椅的泡沫棒……活动结束之后，孩子们像一只只奋飞的小鸟，或单独，或结伴，或牵着爸爸妈妈的手走向公园里的儿童游乐场，开始了他们的自由活动。

幼儿园的"毕业典礼"结束后的下一个周五，16 日晚上就是康科迪亚大学的毕业典礼了。那天，儿子的晚饭是在学校吃的，他邀请我们也去参加，按照预定时间到他们学校的体育馆，随便找个地方坐下就行。我们吃过饭，就带着孙女，牵着她的童车，咕咕噜噜地向南，不一会儿就来到了康科迪亚大学校园。

校园内外彩旗、彩带、彩灯装扮得如同庆祝盛大的节日那样华美绚丽。学校体育馆就像一个硕大的"池子"，"池子岸边"的台阶上坐满了密密麻麻的人。平坦而开阔的"池子底部"按照规范摆了一排排桌椅。主席台是几张没有什么明显特殊的普通桌椅，演讲席则是一个经常在会议、论坛、招待会上见到的那种木制的方台，上面摆满了鲜花。在欢快的音乐声中，先是校长排头，教职员工身着学位服列队入场；然后是学生队伍按班级、专业依次进入划定的区域坐定；最后校董事会成员入场坐好。

典礼主持人洪亮的声音响彻整个体育馆，似乎是先奏美国国歌。我们入乡随俗，同所有的人一起站起来，与在国内奏我国国歌时一样，垂手而立，表情严肃。奏完了国歌，又有几次起坐，我们也是随着别人站起就站起，随着别人坐下就坐下,至于为什么起,为什么坐就不管那么多了。因为我们本来就听不明白主持人说了些什么。我们关注的只是主席台和主持人的一举一动,另外就是透过教师席上一层层的人头攒动,关注着自己的儿子。

毕业典礼的议程少不了校长讲话,然后是作为校友的一位应邀出席典礼的堪萨斯州议员致辞,再就是毕业生代表发言,之后是基督教的牧师讲话,并见证给每个毕业生颁发毕业证书。毕业典礼结束之后,一位中国籍的学生到台上演奏钢琴,作为毕业的汇报演出,观众不时报以热烈的掌声。这位女同学曾经到我们家吃过饭,还成了孙女的好朋友。此刻,在台下观看的她一直为台上姐姐的精彩表演喋喋不休地赞叹。之后,因为那女同学演出时的礼服露着一个肩膀,她也就经常模仿,还自命为"小公主",常常让人忍俊不禁。

典礼进行了两个多小时,我们同儿子一起坐车回家。路上儿子说:"爸,人家主持人说参加典礼的学生家长站起来的时候你们怎么也站起啊?"我说:"哈哈,我怎么知道他们那是让家长站啊?"儿子说:"我们学校的美国学生到毕业的时候,不论远的近的,本州的还是外州的,家长和一些亲友都来参加典礼,隔着远的头几天就来住下等着了,他们对孩子的毕业都特别重视呢!"时隔两天,我又一次领略了美国人对孩子毕业的重视。

康科迪亚大学毕业典礼结束之后,学校一年一度的暑假就开始了。5月18日,我们一家人早晨7时出发,开始了美国的东部之旅。第一站是劳伦斯,去参加儿子在美国的母校——堪萨斯大学的毕业典礼,因为他的一个朋友今年博士毕业,要去为她祝贺。按照预定的时间我们10点钟赶到了堪萨斯大学。校园规模挺大,开车大约要半个小时才能转遍,几个浩大的停车场已经停满了车,儿子几经周转才把车子停下,一家人便急忙忙往典礼现场赶。在滚滚的人流中,我们同儿子的校友李怡静和她的母亲会合。此刻,在热辣辣的太阳底下匆忙赶路已经让我们满头大汗了。尽管如此,为了不误时间,还是稍作寒暄便继续往前赶。

堪萨斯大学浩大的体育场彩旗招展,数百米的大红地毯从入口处一直铺到主席台。身着节日盛装的乐队连同每一个演奏家使用的乐器早已安置停当,随时按照指挥者的号令演奏那恢宏的乐章。身着学位服的毕业生集中在靠近主席台一侧,从带着的帽子可以分辨出博士、硕士或学士。两边的观众席排山倒海般坐满了十数倍于毕业生人数的亲友团。主席台的对面,硕大的显示屏幕实时播放着主席台的一举一动。隆重入场式过后,典礼的程序依次进行。黑人女校长精明干练,气质非凡,声音洪亮的致辞通过扩音器响彻长空。之后是在职教授和校友代表发言。最引人注目的是几个诺贝尔奖得主,他们的出现充分展示了大学的实力和既有的辉煌,鼓舞和激励了那些毕业和没有毕业的莘莘学子,热烈的阳光,热烈的场面,热烈的情感,为人们留下深刻印象。

在毕业的季节,我参加的几次美国学生的毕业典礼,让我真切体会到美国人对于学生毕业的重视。就在康科迪亚大学幼儿园举行毕业典礼的前一天,美国前总统克林顿和夫人希拉里已经飞赴英国,到牛津大学参加他们女儿切尔西的毕业典礼。切尔西本科就读于美国斯坦福大学,在牛津大学读的是国际关系博士学位,克林顿夫妇到英国亲自享受了女儿博士毕业的喜悦。时隔三天,有报道说,马里兰州中学女生萨格担心癌症晚期的母亲等不到自己在下月 10 日举行的毕业典礼,便在母亲节前夕请求学校批准,在母亲病榻前举行毕业庆典。她戴上四方帽,接过一同到来的校长颁发的毕业证书,以此为母亲祝贺节日。萨格母亲当日虽然表情痛苦,却很开心看到了女儿的毕业。两天之后,这位母亲便走到生命的尽头,画上了"对孩子关爱终生"的句号。

家庭、社会、人与人,亲情、友情和爱心,因学生的"毕业"就这样有机地融汇在了一起,不是刻意,不是做作,不是逢场作戏,而是实在、自然和顺理成章。由此我想到自己，想到我们夫妇。我们的两个孩子，一个儿子，一个女儿，都有过从幼儿园到大学的经历，而且儿子还是中科院研究生院的硕士，然后才来到美国就读。但我们却一次都没有参加他们的毕业典礼。进而，我又想到了我们国家所有的父母，大约除了与孩子同在一个学校的教职员工（当然也不会是以家长的名义），也没有哪个家长参加过孩子毕业庆典的仪式，因为所有的学校从来就没有让家长参加孩子毕业典礼的惯例。

随着开放的扩大，国际交流的加深，中西文化的不断碰撞和融会贯通，或许今后也能有哪个学校开出让家长参加孩子毕业典礼的先河，但可能短期没有，也可能永远没有。不过无论如何，这种与孩子一起度过毕业的时光，在孩子完成一段学业或进入下一阶段学习，或踏入社会走上人生新历程的节点上，一家人和众多亲友相聚在一起，相亲相拥，同庆同贺，祝愿、勉励、陶情、分享与感同心受，始终是一个不可替代的机缘和场合。

穿衣不关家当事

* *

常随海曲看新潮，随雨追风赶浪涛。

注复回环无计数，烟云过眼送轻飘。

　　"吃饭穿衣量家当"，是我的家乡千古流传的一句话。意思是说吃什么饭，穿什么衣服都要掂量一下自己家里是穷是富，"家当"多寡，能不能吃得起，穿得起，不能一味地盲目攀比，一味地胡吃海喝，一味地奢侈腐化，一味地在那种自卑或自傲乃至自命不凡的心理里生活。由于一些人的心理作用，常常觉得自己的家当不少了，混得像个人样了，应该炫耀炫耀借以抬高一下身价了，便人前人后"亮"出自以为"高于众"的家当来显摆，认为不这样就不足以炫人。胡吃海喝，披金戴银，奢侈腐化只是一种表现形式而已。

　　美国是世界上最发达的国家，国强民富。美国社会拥有世界上最大的中产阶级人口,可以说这些中产家庭的"家当"都是挺丰厚的。但是,看看多数美国人的穿着,不论在城市还是在乡村,都是极普通极随意的,只有春秋冬夏的添添减减,没有什么特别的靓丽光鲜,也没有故作矫态地抖时髦,炫牌子。如果穿着过于正式反倒会让人觉得另类而不好意思。如果溯源的话,这种习惯可能是当年随着移民从远在欧洲的不列颠群岛带过来的。据《美国史》第一部分第三章《殖民地的生活方式》记载:"在17世纪和18世纪总共有4次大规模的迁徙。""第三次移民潮把23 000名辉格会教徒从英格兰的北方内陆带到了新泽西的特拉华河谷殖民地、宾夕法尼亚和特拉华。他们同时也带去了灵魂平等的主张,对等级差别与权贵特权的质疑,以及简朴生活和高尚情操的风气。"

平常,不论在国内还是国外,我自己一般不买衣服,所以对衣服的什么牌子,什么价格基本上一无所知,进商店无非就是跟随家人一起"遛遛眼"而已。在美国的超市里,卖的衣服都不是特别贵,成人的每件一般也就是二三十美元,而10美元以下的居多。或许是因为没有多少人特意去选择买名牌,专卖店里的名牌衣服鞋帽也就并不是特别贵。一些在国内贵得出奇的牌子,在美国往往就只有国内的一半或者更少一些的价钱。一件900美元的羽绒服在国内要卖2万多人民币。

美国还有一种专门卖断档的"货尾"商品的超市。这种超市里都是收购来的大商场销售剩下的尺码不全的衣服鞋帽或是旧款型号的各种其他商品。既然是属于"断档"商品,价格自然也就格外便宜,但款式和质量却与原来并无二致。因为这样的超市销售的商品价低质优而特别实惠,光顾的人也就非常多。还有一种是开在大城市郊区的名为奥特莱斯的过季名牌产品集市,许多名牌厂商都集中在这样的集市里开专卖店销售过季库存产品。我曾经与儿子一起路过丹佛市附近的一个小镇,在那里这样的商店一个个鳞次栉比,建筑风格独具特色。因为顺路，便趁机停下车进去逛逛。我们依次进入各家商店浏览，每一家都是一个牌子的专营，与那些名牌产品相匹配的相得益彰的货柜，独具特色的货架，样品、售卖品都摆放得整齐端庄，落落大方。虽然，在这样的名牌世界里我们只是遛遛眼，有时却也会情不自禁地另眼相看。面对那些款式新颖，质地优良，价格适中的商品，总是会不由自主地驻足打量，柔软的皮衣，飘逸的大氅，夸张的牛仔服，坚硬的山地鞋，都彰显着实用、张扬和个性的美国特色。在一个敞开的柜台前，儿子顺手拿起一个深褐色的原皮大檐帽戴在我的头上，举起相机拍下了照片。我看看相机显示的影像，颇像西部片里面勇敢坚毅的牛仔农场主，我们相视哈哈大笑。

我看美国人的穿着，重要的是得体、应季和干净舒适，至于什么牌子，也就没有太多的讲究了。据说他们的普通富人除了社会名流和演艺界明星之外，也并不希望自己在社会上显得鹤立鸡群，高人一等，外出尽量穿戴得普通一些，避免被孤立，被冷落。因为美国有个很不那么公平的观念，就是认为有钱人是一个自私、伪善的群体，所以即使富人也尽量不穿华贵的名牌，免得在大众中被视为"另类"。当然，他们的穿着也有很讲究很板正的时候。譬如国家公务人员，企业的白领阶层等等，这些人不论在班上还是外出甚至在上下班的路上，都要西装革履，束衬衣系领带，不能有一点随意。再譬如到别人家做客，也要打扮得整整齐齐，以示自己对主人的尊重。这样的习惯他们是走到哪带到哪的。外出的行李箱里，西服、领带、皮鞋是不能不装的。我在国内参加接待过不少美国客人，平时进出穿着都很随便，交谈也无拘无束，自由自在。可是一旦市长接见或是出席正式宴会，他们马上就更衣刮脸，有板有眼地周武郑王起来。这一点与我们民族的传统礼仪基本一样，什么场合着什么装束，有什么打扮都很有约定俗成的一套。如果偶有错失乱了套路，是会贻笑大方的。

在我国,销售旧衣服而且还开设专卖店几乎是不可想象的事情。而在美国
却司空见惯。物资短缺的时候,我们穿衣服习惯于"新三年,旧三年,缝缝补补又
三年"。到日子过得稍好一点了,穿过的衣服如果舍不得丢掉而送人,都是要先
问问人家要不要,讨嫌不讨嫌才可以郑重其事地拿给人家,那神色往往就像请人
帮忙似的,似乎还要表达某种谢意。而且这只能是关系特别紧密的亲戚朋友之
间的事。交情一般的别人那是万万不能做的。做了,是可能会被怪罪为"瞧不起
人"或是羞辱人家的。要说拿出去卖,除了诸如"秦始皇的姑妈或汉武帝姥姥穿
过的古董"之类,是万万不可以也是卖不出去的。可是在美国,许许多多的大城
小镇都有售卖二手衣服的商店。这种商店衣架挂着出售的旧衣服都清洗熨烫得
干干净净平平整整,就像服装厂新出产的那种特意做旧的衣服差不多。光顾这
种商店人并不少,而且他们在此购物的认真劲并不亚于买新衣服。

还有一种更奇特的现象就是居民自家售卖旧货。每逢周末或节假日,就有
不少人家在自己门前的台阶和草坪上摆出不用了的旧衣服、旧家具、旧器皿,更
多的是童装、童车和儿童玩具售卖。美国人大都一对夫妇有几个孩子,家里自然
就积攒的儿童用品多。孩子长大了,不用了,就用这种方法处理掉。这样的场合,
光顾的人也不少,并没有哪个人感觉买人家用过的旧东西而脸上无光。而那些
跟着大人一起来的孩子,挑选了自己喜欢的玩具、衣帽,也一样会高兴地手舞足
蹈。这样的物品,往往只花极少的钱就可以买下来,实在是不失为一种资源重复
利用的好办法。

"随年吃饭,随年穿衣",这是中国的老话。社会进入了当下,我们不能一味
评说穿名牌,赶时髦有什么好与不好,也没有多少人对名牌再看得那么玄妙和神
圣,不过是因人而异,随不同的消费意识和审美观有所取所舍而已。当经济发展
到一定程度,人们不再特别为吃饭穿衣犯难的时候,生活的日常用度就不必时时

那么细致地"量家当",而完全由心理支配了。不过,穿着的适当朴实、随和、低调一些,也不失为一种养德怡心的良方。不可否认的是,与穿名牌、赶时髦同时而来的是大量旧衣服的无法处理。不仅造成了资源的巨大浪费,也加剧了生态环境的污染。新华网 2014 年 6 月 18 日报道说,如果我国废旧纺织品全部得到回收利用,年可提供的化学纤维和天然纤维,相当于节约原油 2 400 万吨,超过大庆油田产量的一半。这些废旧的纺织品多数为穿着"过时"的服装之类。

其实,现在衣物所谓的"过时"并不是像过去那样破得不能穿,而过不过时也不过是一种"跟着感觉走"的意识,并不是衣服蔽体御寒的基本功能的改变。所以,如果我们也像美国人那样穿着不那么特别讲究,每个人的衣服能够多穿一年,按照新华网提供的数据推算,就可以两年增加"一个大庆"。当然,说美国人的穿着不讲究只是在款式、面料和新旧程度方面,而在衣物的卫生上却又是特别讲究。许多人的衣服往往都是一天一洗,有时甚至下班或外出回来就要洗,甚至一天就换洗几次。衣服经常带着一种淡淡的皂香,这种"时髦"也是很高雅的。

白宫，"犹抱琵琶半遮面"

*

*

坪草白屋绿树风，环观满目尽温情。

夜来书柜翻唐册，又见浔翁《陋室铭》。

　　美国首都华盛顿有片著名的草坪，这片草坪除了碧绿如茵的坪草之外，还间有许多俊秀的树木和鲜花。有高大的乔木，有密实的灌木；有硕大的木本花，也有细小的草本花。花草树木组合起来，五颜六色，生动活泼，撩拨人心。

　　这片草坪不仅美丽，而且对美国甚至对世界都具有重要意义。因为世界第一超级大国美国经常在这里举行隆重的仪式，迎接各国来访的贵宾和举行其他重大的国事活动；美国总统发表演讲、新闻发言人召开新闻发布会往往也就在这里进行；总统外出乘坐的直升机一般也在这里停靠、起飞和降落……因为，这片草坪边上耸立着一座名叫白宫的建筑，是美国的总统府，也是总统官邸。因其位置在白宫的正南面,所以被称为"南草坪"。南草坪也被称为总统花园,其实就是白宫的院子。作为单元组合,还包括了"肯尼迪夫人花园"和"玫瑰园"。每年的复活节,总统和夫人都要在南草坪举行游园会。

白宫是一座不大的三层小楼,而且还有一层在地下,地面上能看见的只有两层;结构跟美国的普通住宅有些相似,面积也只有 5 000 多平方米;位于华盛顿市中心的宾夕法尼亚大街,与高耸的华盛顿纪念碑相望。白宫的选址是由美国第一任总统乔治•华盛顿主导的,他还提出了国家仆人居所无须高大,不能豪华,不要宫殿式,宽敞、坚固、典雅就可以的设计理念和建筑格调。设计者是著名的美籍爱尔兰建筑师詹姆斯•霍本,1792 年开始建造,1800 年基本完工。1812 年美英第二次战争期间,英国军队放火烧毁了包括美国国会大厦和总统府在内的建筑物。1815 年,在原设计师和总监工霍本的主持下重修。为了消除大火之后烟熏火燎的痕迹,把整座建筑涂成了白色。1902 年西奥多•罗斯福总统正式将其命名为"白宫"。

南草坪周围全是高高的铁护栏,靠近铁护栏的多是高大碧绿的树木,间或还有藤萝类的植物,密密实实地把游人投向白宫的视线隔开了。只是在白宫的正南方向有一小段地方可以透过摇曳的青枝绿叶间隙看到那座神秘的白房子。抬眼望去,就像看那"犹抱琵琶半遮面"的少女,尽管用不着"千呼万唤始出来",但见到其整体形象倒也怪费劲。白宫是一幢坐南朝北的建筑,能看到的也只是它的背面,而其在绿色掩映之中,却也白得水嫩,美得艳丽。

白宫由国家公园服务处负责管理,本来是可以进去参观的,可是这个参观通常至少要两个月之前预约而且限定参观时间。这个规定对于来去匆匆、旅程飘忽的外地游客来说,则是近乎拒之门外的苛刻。白宫分为主楼和东西两翼,设有办公区、总统家庭居住区、外宾接待大厅、宴会厅和图书室、地图室、珍品陈列室等等，最大的东室可容纳300多人，主要用作举行大型招待会、舞会和隆重庆典。白宫的总统办公区和居住区游人是不能进入的，供参观的主要是东翼底层的外宾接待室、瓷器室、金银器室、图书室和一楼的宴会厅、红厅、蓝厅、绿厅及东大厅。这是世界上唯一向公众开放的总统官邸，是美国第三任总统杰弗逊在1800年做出的决定。他的理由很简单，就是因为白宫的花费支出由纳税人担负，所以应该向公众开放。从此以后，很多对总统府感兴趣的人都来参观，杰弗逊也常会在休息的时候走出办公室与客人握握手，表示欢迎。后来的总统许多都延续了这种做法，体现他们的民主思想和亲民作风，也表明了社会的和谐。但是现在，同我们一样络绎不绝的游人由于不得入内，只好隔着护栏照几张相，也不枉到此一游。

在南草坪悠长的护栏外面是毫无遮拦的更大片的草坪，被水泥或砂石的小径切割开来，形成了方、棱、角、矩等等的不同形状。华盛顿的五月虽然还没有进入盛暑期，中午的太阳仍然是够炙人的。在高高的树下，浓荫里的排椅上坐满了歇息的游人，有的则在草坪上漫无边际地游荡。走过草坪的小径，穿过一条大街，往往又进入了另一个草坪。建筑物大都不是太高，绿地和街道却十分开阔。在离白宫不远的另一片草坪的环绕中，我们看到了另一座美国的标志性建筑——同样白色的国会大厦。

美国国会大厦建在华盛顿市中心的一处高地，习称国会山的地方，是一幢230多米长的新古典主义风格的白色大理石建筑。其圆柱式门廊气势宏伟，中央顶楼上建有3层大圆顶，最顶端矗立着一尊6米高的自由女神铜像。圆顶两侧的翼楼，分别为参、众两院办公的地方。国会大厦是在美国和世界各地有关美国的新闻报道中出镜最多的标志性建筑，因为都是白色，以致一些人往往就把其当成了白宫。但其尽管不是白宫，却与住在白宫的总统息息相关。历届总统都在大厦东面的大草坪上举行就职典礼；众议院的会议厅还是美国总统宣读年度国情咨文的地方。国会，当然是议员议事的地方，代表着国家的权力和人民的意愿，这自然是需要依法有序进行的。我们来到这里的时候，有一个脸上长满络腮胡子的大汉正站在大厦前面的水泥地上大呼小叫，似乎是在宣泄自己的诉求，没有人驱赶，没有人理会，也没有人跟着起哄，自顾自地宣泄完了，也自个儿孤独地离开。不知道这是否也是一种国情。

参、众两院都是庞大的机构，除了国会大厦之外，还附有另外的办公大楼。办公区的主要道路设置了路障，行人可以通行，车辆未经许可则不得过往。走在一幢幢办公楼外的人行道上，路旁和门侧繁盛的绿色植物和五颜六色招展的花枝散发着清新的气息，含情脉脉地似乎在迎接着每一个路人。经过附近的最高法院、检察院、司法部等等机关大楼那些彰显着威严的宽阶、高柱、大门和长廊，我们径直来到国会图书馆，出示证件，通过安检，我们进入了这座久闻大名的建筑。

据说美国的国会图书馆是世界上最大的图书馆，由杰斐逊大厦、亚当斯大厦和麦迪逊大厦三座以总统名字命名的建筑物构成，总面积为 34.2 万平方米，已有 200 多年历史，在美国文化中占有重要地位。馆内藏品达 2.1 亿件，有手稿、图书、电影、录音、照片、画作、地图等各种门类。其中有关我国的有 41 册明代辑成的《永乐大典》、清朝政府赠送的 10 000 卷 5 020 册 520 函的一套《古今图书集成》、约 300 张中国古地图、太平天国文书和清末科举考卷等。面对这样一座向往已久的世界知识宝库，如同面临浩瀚的大海，直令人眼花缭乱，目不暇接。接待大厅里，工作人员正在布置一个似乎与纪念活动有关的招待会，我们不便打扰，只就近看了藏书室、借阅室和阅览室，因为离图书馆下班的时间已近，我们便经过地下通道从另一座大厦的大门走出。

　　旁边的绿地上，几尊青铜雕塑在夕阳余晖的映照下张扬着动人的艺术魅力；三三两两的游人在悠闲地逛荡；搔首弄姿的松鼠沿着树干窜上窜下；归巢的鸟雀叽叽啾啾地飞鸣追逐。回望暮色中的白宫，犹如罩上了轻纱薄幕，是那样的朦胧，那样的虚无缥缈，依旧那样优雅地"犹抱琵琶半遮面"。

高耸的 华盛顿纪念碑

*

*

大誉无声自高伟,挥师跃马战云飞。

定国立制存深远,岁月流年万古辉。

华盛顿纪念碑耸立在首都华盛顿市国家广场中央的一大片平坦葱绿的草坪上,高峻而挺拔。

这是为纪念美国第一任总统华盛顿而建造的。乔治·华盛顿于 1732 年 2 月出生在弗吉尼亚的一个大种植园奴隶主家庭,幼年丧父,自学成才,17 岁就开始独立谋生,当过土地测量员和种植园主,并积极参加殖民地议会和民兵的政治军事活动。1775 年 7 月 3 日,华盛顿就任美国独立战争大陆军总司令,率领和指挥军队同英军英勇作战,经过特伦顿、普林斯顿和约克敦等重大战役,最终取得了独立战争的胜利。1783 年,《巴黎和约》签订,英国被迫承认美国独立。同年 12 月 23 日,他递交辞呈,解甲归田。1787 年,他主持召开费城制宪会议,制定联邦宪法,为根除君主制、制订和批准维护有产者民主权利的宪法做出了不懈努力。1789 年,乔治·华盛顿当选为第一任美国总统,也是世界上第一个使用总统称号的国家元首。他组织了机构精干的联邦政府,颁布司法条例,成立联邦最高法院,在许多问题上倾向于联邦党人的主张,但力求在联邦党和民主共和党之间保持平衡。他支持亚历山大·汉密尔顿关于成立国家银行的计划,确立国家信用。批准托马斯·杰斐逊所支持的公共土地法案,奠定了西部自由土地制度的基础。1793 年,他再度当选总统。1796 年 9 月 17 日,他发表告别词,表示不再出任总统,开创了美国历史上摒弃总统终身制、和平转移权力的范例。华盛顿为美国独立和国家建制做出了巨大的贡献,被美国人民尊为"国父"。

　　华盛顿纪念碑于 1848 年 7 月 4 日奠基建设,1888 年 10 月 9 日正式免费对外开放,一百多年来接待了无数来自世界各地的游人。纪念碑底部面积 39 平方米,高度 169 米,为大理石方尖形建筑,内部装有 50 层铁梯和高速电梯,在顶端可以通过窗口眺望整个哥伦比亚特区、毗邻的弗吉尼亚州、马里兰州以及波托马克河。2011 年 8 月 23 日,弗吉尼亚州发生了 5.8 级地震,纪念碑受地震影响出现了裂缝,不再接待游人入内参观,以致我们这次来也无缘进入里面,更未能上到顶端临窗远眺。纪念碑内墙镶嵌着 188 块由美国各地和世界各国捐赠的纪念石。在第十级墙壁上,有一花岗岩石版,上面用中文镌刻着一篇颂词:"华盛顿,异人也。起事勇于胜、广,割据雄于曹、刘,既已提三尺剑,开疆万里,乃不僭位号,不传子孙,而创为推举之法,几于天下为公,乎三代之遗意。其治国崇让善俗,不尚武功,亦迥与诸国异。余尝见其画像,气貌雄毅绝伦。呜呼,可不谓人杰矣哉!米利坚合众国以为国,幅员万里,不设王侯之号,不循世及之规!公器付之公论,创古今未有之局,一何奇也!泰西古今人物,能不以华盛顿为称首哉!"这款石刻是当时美国在我国宁波的传教士民间筹措捐赠,颂词取自清朝介绍世界各国的名著《瀛环志略》。

《瀛环志略》的作者徐继畲(1795～1873)为山西五台人,道光六年进士,历任广西巡抚、福建巡抚、太仆寺卿、闽浙总督、总理各国事务衙门大臣、首任总管同文馆事务大臣。徐继畲是中国近代开眼看世界的伟大先驱者之一,又是近代著名的地理学家,文学家、历史学家和书法家。《瀛寰志略》初版于1848年,尽管考虑到"中国国情",书中行文做了不少妥协,包括在引言中写道:"坤舆大地,以中国为主。",但在当时清朝闭关锁国的朝野上下仍大为震惊,指责有失"夷夏之大防",混淆内外有别的"春秋大义","颇张大英夷","称颂夷人,献媚夷酋"。正因为如此,徐继畲丢官不说,书也被毁了不让再版。当时此书虽在国内被禁,却在日本非常流行,对明治维新运动大有促进。二十年后中国洋务运动兴起,徐继畲复出,执掌总理各国事务衙门。《瀛寰志略》成为中国"了解世界各国的指南"。往事回顾,不由连生感慨。

在整个国家广场中,与华盛顿纪念碑相呼应的还有美国第3任总统托马斯·杰弗逊纪念堂、第16任总统亚伯拉罕·林肯纪念堂和第32任总统富兰克林·罗斯福纪念园。每一位被纪念者,都在特定的历史时期为国家,为人民做出过不朽的贡献;每一处纪念地,都是当时世界上最具实力的设计者怀着崇敬之心创作的别具一格的精美作品。

杰弗逊纪念堂是杰弗逊所喜爱的罗马式圆顶白色大理石神殿,外围由54根花岗岩石柱环绕,典雅纯洁,沉静肃穆。纪念堂中央大厅的地面是用粉灰相间的田纳西州大理石铺筑而成。大厅中间,高5.8米的杰弗逊铜像坐落在1.8米高的白色明尼苏达州大理石基座上。铜像身后的墙壁上镌刻着杰弗逊铿锵有力的话语:"我已经在上帝圣坛前发过誓,永远反对笼罩着人类心灵的任何形式的暴政。"洁白的穹顶用印第安纳州花岗岩构造,比杰弗逊铜像高出 20 米。纪念堂门廊的山墙上,是杰弗逊等 5 人受大陆会议委任起草《独立宣言》场景的大理石浮雕,为纽约的雕刻家温曼的杰作;年轻的杰弗逊站在中间,左侧是本杰明·富兰克林、约翰·亚当斯,右侧是罗杰·谢尔曼和罗伯特·利文斯顿。

杰弗逊是美国最伟大的总统之一,他带领人民渡过了经济萧条,创造了世界强国的伟大辉煌。然而他自己撰写的墓志铭却只写了四句话三件事:"此处安息着杰弗逊。美国《独立宣言》的作者;弗吉尼亚州宗教自由法作者;弗吉尼亚大学创校人",只字未提他是总统。也许,他认为一个人当不当总统并不重要,重要的是他的思想能够开出一条适合于人类生存发展的道路,他的业绩能够持续地造福后世。也正是因为他所做的"创校",杰弗逊背负了沉重债务,不得不变卖自家土地和祈求自己的亲戚朋友资助清偿债务和支付衰年弱体的医疗费用。

林肯纪念堂位于国家广场的西端,长长的大理石台阶通向高处的纪念门前。林肯的汉白玉大理石雕像端坐在大厅正中,那清癯的面孔坚强而刚毅,鹰隼似的眼睛雄视前方,钢铁样的右手抓着座椅的扶手,似乎要抠进扶手的深层里面去。传神的形象似乎令仰慕者肃然起敬,也让敌视者不寒而栗。雕像后方的墙上镌刻着"林肯将永垂不朽,永存人民心里"的句子。左、右两侧分别是他连任总统时和在盖茨堡的演说辞;周围装饰着有关解放黑奴、南北战争以及象征正义与不朽、博爱与慈善的壁画。堂内还陈列着一系列相关的展品。林肯领导美国人民维护了国家统一,废除了奴隶制,为资本主义的发展扫除了障碍,加快了美国工业化发展的步伐。一百多年来,美国人民称他为国家的拯救者和"新时代国家统治者的楷模"。美国曾于 2005 年举办"最伟大的美国人"网上投票,林肯被选为第 2 位,被《大西洋月刊》评为影响美国 100 位人物的第 1 名。

美国第 32 任总统富兰克林·德拉诺·罗斯福(史称"小罗斯福")带领美国

人民渡过经济萧条,取得了二战胜利,成为世界第一强国。由于战争原因,他是美国历史上唯一一位连任四届的伟大总统,与英国首相丘吉尔以及苏联领袖斯大林一起成为二战的"三巨头"。纪念他的是一个平实而典雅的公园,公园由3万多块、总重达6千余吨的花岗岩堆起的石墙分隔成四个部分,代表着罗斯福执政的四个时期。一区是从岩石倾泻而下的水流,象征其就任时所表露的乐观主义与振奋人心的活力;二区所呈现的是经济大萧条时失业、贫穷、无助的凄凉和慌恐以及人民奋力打拼,战胜困难的场景;三区是杂乱散置的花岗岩石,象征二战带给世界的惨状——总统呼吁和平,痛恶战争的演说也刊刻在乱石与墙壁之上;四区是战后建设全面复苏、和平富足的气象。

国家广场以华盛顿纪念碑为中心,以林肯纪念馆与国会大厦形成东西轴线,白宫与杰佛逊纪念堂为南北轴线,而罗斯福纪念公园则隔着潮汐湖的出口与杰佛逊纪念堂相望。在清波荡漾的潮汐湖西岸,还屹立着美国黑人民权领袖马丁·路德·金纪念碑。马丁·路德·金为美国黑人追求平等权利献出了生命,为美国乃至世界民权运动做出了巨大贡献。为纪念他的诞辰,每年1月15日被定为"马丁·路德·金日",全美国放假一天。1987年,这一天还被联合国定为他的世界纪念日。这座纪念碑由159块巨型花岗岩石组成,质朴而圣洁,是中国雕塑家雷宜锌设计和建造,也由中国工人吊装完成的。这个纪念碑的设计是从全世界52个国家,2 000多人的900多个方案中胜出的。雷宜锌说,他的作品中,马丁·路德·金的表情既深沉内敛,又充满张力;既有抗争也充满希望。

我走在绿树掩映的潮汐湖畔幽静的小径上,想到见过的对那些值得景仰的人的纪念,脑际间盘绕的是对他们的灵魂的思索。不由地,我想起了我的山东老乡、诗人臧克家那著名的诗句:

"有的人活着，

他已经死了；

有的人死了，

他还活着……"

遥祭陈纳德将军

*

*

打击侵略勇担责,万米高空奏凯歌。

飞虎英雄抗倭寇,隔洋跨海壮山河。

美国阿灵顿国家公墓坐落在波托马克河畔的弗吉尼亚山上,建于 1864 年 6 月 15 日。我站在林肯纪念堂前面宽阔的平台上西望,阿灵顿纪念大桥在夕阳的映照下透出和煦的暖色,通过一段平坦的大道就可以进入宁静的墓园。此刻,那里更显得庄严肃穆。

弗吉尼亚山不高,坡也不大,漫漫缓缓的墓地排列着一排排庄严的墓碑,大理石平面反射的日光纷然地闪耀着,温馨而富有活力。这是一个占地面积 170 公顷(2.48 平方公里)的公墓,树木葱郁,绿草如茵,整齐旷达,威严壮观。公墓中央的山丘上,作为国家纪念中心的"阿灵顿之屋",如同一个战时指挥部,居高临下地护佑着英雄的魂灵。

　　长眠在这里的，有在国家战争中阵亡的将领；也有在工作岗位上殉职的政治家和国家工作人员；而士兵，则始终是这里安眠者的主体。在 150 多年的历史长河中，约有 26 万阵亡将士和国家英雄长眠于此。2014 年 1 月，时任日本首相安倍晋三接受美国《外交》杂志采访，把靖国神社比作美国的阿灵顿国家公墓，因而便说自己不会承诺不参拜靖国神社，这是十分荒谬的。不可想象，把一个为国家和人民献出生命者的庄严墓地与供奉由远东国际军事法庭审判并裁定为对人类犯下滔天罪行的二战战犯（这是定论，世界的定论！）的靖国神社相类比。如此谬论，一个堂堂岛国的首相怎么说得出口？！

　　怀着浓重的英雄崇拜情结，一直以来我都很敬仰为我国抗日战争做出过卓越贡献的飞虎队队长克莱尔·李·陈纳德将军。1958 年 7 月 18 日，艾森豪威尔总统和美国国会批准晋升陈纳德为中将，同年 7 月 27 日陈纳德将军逝世，美国国防部以最隆重的军礼将其安葬于阿灵顿公墓。他的墓碑上镌刻着英文的墓志铭和他所获得的各种嘉奖；同时还有中文"陈纳德将军之墓"，这是这里唯一的汉字碑名。遗憾的是因为行程安排的缘故不能往他的墓前凭吊，只能站在远处默默地送上对他的敬意。

　　1893 年 9 月 6 日，克莱尔·李·陈纳德诞生于美国得克萨斯州的康麦斯，1919 年从飞行学校毕业，被派往夏威夷负责指挥战斗机中队，编写过《战斗机飞行技巧手册》。1936 年 1 月，受中国空军邀请到中央航空学校担任飞行教官。1936 年 6 月，他被任命为中国空军顾问，帮助建立中国空军。抗日战争爆发后，陈纳德接受蒋介石夫人宋美龄的建议，在昆明组建航校训练中国空军，积极协助中国空军对日作战，与中国和苏联空军司令官共同指挥战斗。他还亲自驾机投入空战，先后参加了淞沪会战、南京保卫战和武汉会战。在湖南芷江，他组建了航空学校,后来又到昆明航校任飞行教官室主任,给高级班授课。1941 年,陈纳德在罗斯福政府的支持下,以私人机构的名义,重金招募美军飞行员和机械师,以平民身份参战。200 多名机智勇敢、技术高超、性格泼辣、不怕冒险的年轻人分两批来华,首战便在空中给日本空军以迎头痛击。在多次空战中,志愿飞虎队用 5 至 20 架可用的 p-40 型战斗机共击毁敌机 217 架,自己仅损失了 14 架。一时间,"中国空军美国志愿援华航空队"的插翅飞虎队徽和鲨鱼头形机首涂装名闻天下,其"飞虎队"的英名家喻户晓。

随着太平洋战争爆发,1942 年 7 月 4 日,航空志愿队更名为美国驻华空军特遣队,陈纳德担任准将司令。1943 年 3 月 10 日,美国驻华空军特遣队扩建为美国陆军第 14 航空队,陈纳德担任少将司令。7 月 25 日陈纳德被聘任为中国空军参谋长。至抗日战争结束,第 14 航空队共击落日机 2 600 架,击伤或击沉大量日本商船和 44 艘军舰,击毙日军 66 700 余名,摧毁大批敌军事设施,为中国抗日战争的胜利立下了汗马功劳。1945 年 8 月 1 日,陈纳德离开中国回国,蒋介石和宋美龄设宴为他送行,并授予他中国最高荣誉——青天白日大蓝绶带。后来,陈纳德将军又重返中国,在上海成立了中美合作的民航空运公司,继续为中国的国家和人民服务。

我遗憾没能进入阿灵顿公墓拜谒陈纳德将军,却瞻仰了坐落在华盛顿纪念碑和林肯纪念堂之间,为纪念在二战期间服役的 1 600 万美国军人而建的第二次世界大战纪念碑,稍微慰藉了寥落的心情。纪念碑于 2001 年 9 月动工兴建,2004 年 4 月底完工。整个纪念碑是一个下沉的椭圆形广场,中间有一个圆形的喷泉湖。椭圆的两端各建有一个门亭,门亭里面各有三只巨大的铜质雄鹰衔着象征胜利的花环。在弯曲的"自由墙"上刻有 4 000 颗金星,代表在二战中英勇献身的 40 万美国军人。两个门亭左右两旁分列着 56 根花岗岩石柱,每一根代表着在二战期间美国的一个州或海外领地。我在这里瞻仰的时间是 5 月 22 日,星期四,正是 5 月最后一个星期一——美国"国殇日"(也称"阵亡将士纪念日")的前夕,不断有军人抬着花圈列队而来,庄严地举行悼念仪式,寄托心中的哀思。

陈纳德将军的夫人是美籍华人陈香梅女士。1925 年 6 月 23 日,陈香梅女士生于北京。1944 年至 1948 年为中央通讯社记者,因为她精通英语,便被安排采访英雄的飞虎队和队长陈纳德将军。钦敬、爱慕和对正义的崇拜,消解了国家与年龄的差异,使他们从相识、相知到相敬、相爱,建立了忠贞不渝的爱情。1947 年圣诞节前夕,他们在上海虹桥举行了婚礼。那一年陈纳德 54 岁,陈香梅 22 岁。这美好的跨国婚姻为中美两国的友谊留下了跨世纪的佳话。

陈纳德将军去世后,陈香梅女士依然不遗余力地为中美友谊积极工作,享有"中美民间大使"的美誉。在 1972 年尼克松总统访华和 1979 年中美建交等一系列重大事件中都发挥了自己独特的作用。1981 年,陈香梅女士应邓小平邀请,以总统当选人里根特使的身份访华,被邓小平称为"世界只有一个"的贵宾。她是中国海外交流协会顾问、中华全国妇联名誉顾问、中国国家旅游局特别顾问、陈香梅教育基金会董事长、北京师范大学客座教授,从各方面为中国的发展做出了贡献。

2014 年是诺曼底登陆 70 周年,再过一年,就是世界反法西斯战争和中国抗日战争胜利 70 周年了。我站在这庄严的二战纪念碑前,向陈纳德将军献上了深深的敬意,也向陈香梅女士献上诚挚的祝福。

大熊猫的美国生活

*

*

国宝出国传友谊，飞空带海系情丝。

识生认陌凭谁教，近客熟人自感知。

　　华盛顿最吸引人的地方之一就是美国国家动物园，这个动物园全称为史密斯索尼娅国家动物园，总面积 65 公顷，饲养着 479 个动物物种，其中有白虎、猎豹、亚洲狮、长臂猿、低地大猩猩等。最受欢迎的是那"独在异乡为异客"的中国大熊猫。

　　美国国家动物园的星期天人潮如海。公园里道路两旁那些五颜六色的花，千姿百态的树，碧绿如茵的草，盘绕蔓延的藤萝，疏密相间的篱笆和栅栏，以及网笼里或悠闲或奔忙的飞禽走兽，似乎都投给游人以欢迎的姿态，娇媚而友好。可能美国人并没有我国那种"宁可食无肉，不可居无竹"的观念，在我国司空见惯的竹子而美国却并不多见。然而,在他们的国家动物园里,一片片亭亭玉立的竹子成了大熊猫馆的重要标志。游人看到了竹子,就知道离大熊猫馆不远了。

"他乡遇故知"是我国传统文化中与"久旱逢甘霖,洞房花烛夜,金榜题名时"一起,被列为人生"四大喜事"。而大熊猫对我来说"故"自然是故,"知"当然也是知,就是在所有的人生经历中从未谋面,在这之前一直对此耿耿于怀。所以来到这个异国的动物园,就一定要看看这个我国国宝级的"他乡故知"了。我们一家人随着人流,走阔路、穿曲径、步木桥,一路走来,在绿竹的引领下来到熊猫馆,虽然层层叠叠的人抚栏环绕等待观看,馆外的"大院"却空空荡荡,大熊猫根本就不出来"接见"。我们于是知难而退,先看别的动物去了。过一阵再回来,看到了那位慢慢腾腾的大熊猫妈妈,就像一个雍容的贵妇,已经带着自己的"半大孩子"在"院子"里游逛了。

大熊猫馆在绿树翠竹笼罩中形成了一个幽静典雅的环境,其"院子"实际上是供大熊猫活动的开阔场地。这"院子"有一个大的土坡,坡底比较平坦,一边还见清清的溪水。坡上有大树,有几丛箭竹和几块硕大的石头,当门处一两级台阶,以方便"馆主"进进出出。此刻的两只熊猫已经完全进入了人们的视野。熊猫妈妈似乎一直放不下那"贵妇人"的架子,时而动时而不动,动则缓缓地轻移莲步,一会儿抬眼环观,一会儿低头行走;不动则昂扬地直坐或静静地偃卧,对看客喜形于色的唤呼和问候总是傲慢地无动于衷。而那个"小家伙"则是一刻也不闲着,时而上树,时而啃竹,时而蹭几下石头,时而挠几爪下巴,从坡顶滚到坡底,又从坡底爬到坡顶,一面土坡被它磨得光秃秃,滑溜溜的,几乎达到了寸草不生,一尘不染的程度。爬着爬着,"小家伙"一着不慎,骨碌碌从坡顶滚到坡底,惹得众人哈哈大笑……

我们看了大熊猫,也听到了有关大熊猫进入美国和它们在美国生活的许多故事——

专机赴美的友好使者

1972 年 2 月 21 日,美国总统尼克松抵达北京,开始了中美关系的破冰之旅。在欢迎宴会上,尼克松夫人帕特·尼克松看着大熊猫牌子的香烟盒上印制精美的大熊猫图片,似乎话中有话地连声说:"我非常喜欢大熊猫,它真是太漂亮了!"

其实,我国负责外交接待的人员对美方热切期待赠送大熊猫的强烈愿望是很清楚的。早在尼克松访华之前,美国派出的几批先遣人员来华时均要我们安排参观北京动物园熊猫馆。美方礼宾司官员更是明确表示,如果美国能有一对中国大熊猫该有多好啊!尼克松的访问团来华后,与中国商定安排尼克松夫人单独参观的项目尽管多有改变,却始终把参观熊猫馆作为保留项目。正式参观熊猫馆时,她兴致勃勃地给大熊猫喂食,与大熊猫拍照。这些情况,我国的接待人员都十分详细地向周恩来总理作了汇报。

周总理非常重视这件事。当时美方作为国礼赠送给毛主席的是瓷塑大天鹅,寓意是寻求和平、友谊、合作;我国原定给尼克松总统的国礼则是白玉提釉瓷瓶、双面杭州刺绣屏风和玻璃纱手绣台布。在了解了美方的这些行动之后,周总理说:"看来他们想要的还是大熊猫。"

2 月 25 日晚,尼克松和夫人在人民大会堂宴会厅举行答谢宴会,在宴会即将结束时,周总理对坐在他旁边的尼克松夫人说:"我们深知美国人民尤其是美国儿童非常喜爱中国的大熊猫,尽管我国目前饲养的大熊猫数量也非常少,但考虑到美国人民的强烈愿望,我们还是决定赠送一对大熊猫给美国。"当时尼克松夫人虽然十分开心,却还像有点不相信自己的耳朵,她半信半疑地问总理:"这是真的?"周总理点点头,尼克松夫人马上把这个特大喜讯告诉了丈夫。主桌上一时热烈沸腾起来,宾主都立刻起立,热烈鼓掌并举杯为这个特大新闻干杯祝贺。尼克松和夫人多次感谢中方的好意和慷慨,并称这是中国赠送给他们的最珍贵的礼物。

此后,我国政府精心选择了一对准备送给美国的大熊猫,取名"玲玲"与"欣欣"。当年4月,美方派专机直飞北京,如同对待最尊贵的客人一般把这对大熊猫接走。大熊猫到达美国时,数千名美国儿童在华盛顿机场迎接。大熊猫进入美国国家动物园当天,数万名市民冒雨参观。"熊猫热"在美国经久不息。

"欣欣"和"玲玲"来到美国之后,一直是媒体的宠儿,不仅屡上荧屏,其"玉照"也多次登上各大报刊的显要位置。这"两口子"在美国共生过五胎,但那些熊猫宝宝用我们胶东话说都"不好养",一个个生下来没过几天便夭折了。

动物王国的豪门大宅

华盛顿国家动物园是美国最古老的动物园之一。当年,为迎接大熊猫"玲玲"和"欣欣"的到来,动物园建起了约有1 800平方米的熊猫馆,比起与之为邻的大象馆和长颈鹿馆,显得格外高大、豪华和气派。

"玲玲"和"欣欣"因老迈相继去世之后,动物园又耗资800万美元将原来的熊猫馆进行了重新装修。在新装修的熊猫馆内墙上画上以中国四川卧龙大熊猫生活繁殖基地为原型的山水壁画。为创造天然的大熊猫生活环境,专门种植了冷杉树、铁杉树、红雪松等。在馆中的"院子"里模拟了四川卧龙的生态环境,增建了人工瀑布和假山,在两个准备安度酷暑的洞穴专门安装了冷气。2002年12月6日,当新主人"添添"和"美香"搭乘"熊猫一号"专机来到美国,住进这一"豪宅"之后,摄像机全天24小时记录熊猫的行为,供动物园的动物学家研究。

为了进一步提高接待能力和保持良好的参观秩序,大熊猫馆在观光区之外设置了展览区,里面有各种介绍熊猫生态和习性的图片和文字资料,装置了大屏幕电视,对大熊猫的起居情况进行实况转播,让人们在参观前先有个大致的了解。许多研究人员和大学生还积极报名担任志愿者前来服务,为观众讲解熊猫知识和解答各种问题。

全球征名和百日庆典

"添添"和"美香"在美国生活了两年多的时间,到 2005 年 7 月 9 日生出了自己的"儿子",成为美国本土出生成活的第一只大熊猫。

这又是一件轰动美国的盛事。"添添"和"美香"的"爱情结晶"出生之后,美国"国家动物园之友"便在网站上公布了中国野生动物保护协会推荐的五个候选名字:"泰山""华盛""盛华""龙山"和"强强",供世界各地的大熊猫"粉丝"投票选择。这五个名字中,"华盛"和"盛华"寓指中国和华盛顿,"泰山"和"龙山"是中国的两大名山;"强强"含有"强壮、强大"的意思。候选名字公布之后,先后有 20 多万人在网上投票,其中多数是美国人,也有中国、新西兰和波兰等国的大熊猫爱好者。最后,"泰山"以 44% 的最高票数当选。

10 月 17 日,美国国家动物园为"泰山"举行了隆重的命名仪式和"百日"庆典。庆典仪式按中国传统方式举行,来自各地参加仪式的熊猫爱好者给小"泰山"带来了许多贺卡。中国的舞狮和武术表演队也到场助兴。

"泰山"出生 8 年之后,2013 年 8 月 23 日,"添添"和"美香"又生出了自己的"女儿"。中国驻美国大使崔天凯、美国驻华大使骆家辉和四川卧龙大熊猫基地、动物园大熊猫饲养员和动物园协会共同推荐"木兰""宝宝""玲花""龙韵"和"珍宝"五个候选名字,经网上投票后选定了"宝宝"。12 月 1 日,动物园为大熊猫"宝宝"举行命名和"百日"庆典,电视现场直播,中国驻美使馆人员和华盛顿华人社区领袖应邀出席。中美两国元首的夫人彭丽媛和米歇尔·奥巴马分别发来了祝辞的讲话录音,进行了现场播放。

我们还了解到,目前旅美的中国大熊猫共有 15 只,其中有华盛顿国家动物园的"美香""添添"和他们的女儿"宝宝"。其儿子"泰山"已于 2010 年回到故乡中国。1999 年 11 月抵美的佐治亚州亚特兰大动物园的"伦伦"、"洋洋"和他们的子女"喜兰""阿宝"和双胞胎"美仑""美奂"。分别于 1996 年和 2003 年抵美的加利福尼亚州圣迭戈市动物园的"白云""高高"和他们生的"云子"和"小礼物"。另外还有 2003 年抵美的田纳西州孟菲斯市动物园的"丫丫"和"乐乐"。

就在本文多次修改进入定稿的过程中,我又看到了人民网 2015 年 9 月 26 日的报道,也便顺手照录于此:当地时间 25 日上午 10 点半,美国第一夫人米歇尔·奥巴马陪同中国国家主席习近平夫人彭丽媛前往位于华盛顿的国家动物园,看望旅居美国的中国大熊猫。彭丽媛和米歇尔还特地给这里的熊猫妈妈"美香"8 月底产下的熊猫宝宝起了名字叫"贝贝"。

大熊猫,作为中美两国人民的友好使者,随着美国总统尼克松的中国之行来到了美国,在美国"生儿育女",成为全美国的宠物。相信,它们这个"友好使者"的身份将世世代代延续着,中美两国人民也一定会世世代代友好下去⋯⋯

纽约,你让我怎么说

*

*

惯闻人语道实虚,明眼须观有或无。

应用心思细分辩,方能自我不迷糊。

纽约不愧是世界顶尖级名城,几乎每一个地方都是大名鼎鼎。就好像老北京古城,随处一点都是世界文化遗产级的文物一样,似乎随便走进一家店铺都是名店,随便看一样东西都是名产。

我们到纽约进的第一个吃饭的地方就是斯密斯·沃伦斯基牛排馆。这个牛排馆历史悠久,不仅以牛排上好而闻名于世,而且十几年来那个风靡世界的股神沃伦·巴菲特每年都到这里吃一顿饭,更是令其声名远播。巴菲特每年来吃的这顿饭是令常人难以想象的奇特,他用竞拍的方法,把与他共同进餐的机会拍给谋求这个机会的人,中标者可以带 7 个人一起来赴宴。竞拍得来的钱当然由巴菲特支配,他就全捐赠给了慈善组织。2012 年他的午餐拍卖价达到 346 万美元,而当年他的总捐款额为 30.9 亿美元,占当年美国慈善捐款总额的 60% 以上。儿子带我们来这里吃顿饭,大约就是为了让我见识一下这餐馆究竟什么样子,也算表达一下他的孝心。他点了牛排、龙虾、蟹肉饼等,花了约 300 美元。这价格就我们自家的生活水平来说,折合人民币来算似乎很是奢侈了些,但看那硕大鲜嫩的牛排,长长的龙虾,跟国内的饭店比较起来,价格实在是低了许多。

　　来这个饭店之前,我们经过联合国总部。众所周知,联合国是世界主权国家的政治组织,虽然没有多大的实际权力,却在许多人的心目中具有至高无上的地位。当年,曾经有位台湾商人到我任职的政府部门来,办一笔抵押贷款业务。因为他要作为抵押物房产的共有人其中一个在美国,不能回来一起具结抵押文书。为了依法尽快给他办好这件事情,我便对他说,按照《抵押权法》规定,你那房屋的产权共有人需要当着他当地中国使领馆有关人员的面具结公正,然后由办理此公证的我使领馆将公证书寄送给我们方可办理。这位台商一听就火了,气急败坏地大声吼道:“那你还不让我到联合国! ”我随口说道:“法律现在没有这个规定。如果有到时我会告诉你的。”可见在这位先生的意识里,联合国是高于主权国家的了。联合国总部坐东朝西,毗邻纽约第一大道,背面是东河,南侧和北侧分别为东 42 街和东 48 街。尽管经过包括我国的梁思成先生在内的世界顶尖级的建筑大师共同设计,具有独特的建筑风格,但与这个城市那些“远近高低各不同”的建筑相比,却实在并不怎么出众。不高、不大,也不张扬,在下午柔和的阳光里显得那么恬静、平实和淳朴。我们进入联合国总部的时候,已经接近人家下班的钟点,便匆匆作一浏览,赚得个“到此一游”,便出来看了看周围的环境,取代了脑海里存留的那种照片上的形象。

　　吃过晚饭,天就完全黑了下来。靓丽的街灯发着柔和的光。不远处是百老汇大道的时代广场,这个被称为"美国文化中心""世界十字路口"的地方,中心位置在 42 街与百老汇大道相交处,东西从第 6 大道到第 9 大道、南北从西 39 街到 52 街之间。真正意义的广场开阔地就是那么一点点被称为"三角地"的地方,面积只是一段街道往旁边延伸了一些,宽处大约也不过两个多街道路面的幅度,长度就在两条街道的区间。时代广场名字的由来是因为《纽约时报》总部设在这里而被称为"时报广场",传来传去就成了"时代广场"。时报办公大楼外面设置了巨大的广告牌,不断向世人传播着各种信息。我们到达的时候,广告牌大屏幕上正闪烁着我国大连市的影像,海滨、广场、楼群等等的景观叠进叠出,展现着富饶艳丽的绰约风姿。

这里有琳琅满目的购物商场,有绚丽多彩的影院、剧场、音乐厅、咖啡馆、夜总会等等的休闲场所,灯红酒绿,纸醉金迷交织着无边的繁华。"三角地"上各种各样的露天表演极力张扬着演员的肢体形态;声嘶力竭的歌唱家一味逃脱着音乐的配合,却被熙熙攘攘人流的吵闹声所吞噬;画素描头像的画家们,瑟缩在路人的腿脚丛中繁忙地打理着自己可怜的业务;打扮得奇形怪状的影视剧人物猛然窜出与人合影,"恐怖的嘴脸"往往把人吓得尖叫……享受人生和赚钱谋生在这里一起演绎着、交替着、放大着、扭曲着,千奇百怪,千姿百态,是那么地让人眼花缭乱,思绪万千。时代广场区域就只占纽约市区 0.1% 面积的巴掌大那么一块地方,却汇集了纽约市 11% 的经济活动,有约 40 万人在这里工作。2011 年,这里创造的国内生产总值达到 1 100 亿美元,与匹兹堡、奥斯汀、波特兰等美国的中等城市不相上下。难怪许多人说:"不到纽约不算到了美国,不到时代广场不算到了纽约。"

我们是乘火车从华盛顿来到纽约的,脑海里装着的想象自然是纽约的富华与繁荣。当我们下了火车走到出站口,虽然五月的阳光明媚和煦,但且不说嘈杂吵闹先声夺人,就那一股充斥空气中的酸臭气味实在是令人作呕,甚至大气也不敢喘一口。通往 43 街我们要去的威斯汀酒店的街道上，行人和车辆的交通意识也并不令人看好。十字路口人来人去似乎并不特别在意"红灯停绿灯行"的规则，往往两次红灯闪过，那摩肩接踵的行人还没有过完，要通过的车辆只好眼睁睁横在那里干等，反正任谁也不敢碾过密密麻麻的人群横穿过去。原来一直被戏谑的"中国式过马路"，好像也输出到这里来了。或者，也许"中国式"复制了"美国纽约式"，再或者是人类社会的相互复制。如果更进一步从根上说，人的本性在哪里都是一样，不加约束就随时都会产生不良的后果。街道上被车压死的广场鸽血肉模糊，看得小孙女一路念叨着"真可怜，真可怜！"被踢散了的一摊马粪让行人和车轮带得四处斑斑点点，与周围华丽的店铺极不相协调。夜晚，路旁幽暗的角落，可见流淌的尿迹或醉酒人呕吐的秽物。尽管清洁工人在夜色降临之前就从一个个饭店、旅馆、商店、歌厅搬出无数的垃圾，一袋袋堆积在一起，往来的垃圾车及时运出，但清晨的街道依旧垃圾遍地，纸屑、烟头、包装袋、冷饮瓶等等的废弃物随处可见……

我脑海里曾经一闪而过的是"纽约是一座脏乱差的城市"，但随即发现这个看法有失偏颇。毕竟，这只是一个地段的客观存在，总体的评价不应该以偏概全，也不好那么苛刻于吹毛求疵。这不仅仅对于纽约，对于其他地方也应该是这样。

就在我们准备从曼哈顿岛中部的威斯汀酒店搬到南端去的那天，按行程计划顺路到举世闻名的传媒机构彭博新闻社总部参观。早饭过后，一家人走在大街上，清扫街道的车辆踽踽而行，穿着高筒水靴的工作人员正握着高压水管冲刷门外的台阶和人行道面，一道道水流带着清洁剂的泡沫急速地向下水道流去。路边的奇花异卉在水管带出的气流冲击下翩然地抖动着风姿，传递着朝阳的清新。

我们来到了彭博社所在的那座大楼，说明来意，报上在此工作朋友的姓名，通过安检并照相领取了通行证带在胸前，便乘坐电梯到了彭博社的所在楼层。

儿子的朋友见到我们,稍作寒暄便陪同我们看了他们的办公区。在一个个隔断的狭小空间里,通讯社的员工都在默默地做着手里的工作,争分夺秒地接收、处理着来自分布世界各地 2 000 多名记者发回的信息,然后再发送到世界各地的媒体终端。社长迈克尔·布隆伯格是一个传奇式的人物。他在霍普金斯大学毕业后又到哈佛大学取得了 MBA 学位;然后就进入华尔街的一家著名投资公司工作,6 年后他成为公司的合伙人。又过了 9 年,他用离职时公司给的 1 000 万美元建起了自己的创新市场系统公司。1981 年成立了彭博社,后来成为全球最大的财经资讯公司。公司的服务遍布美国国内直至全球,客户包括交易员、投资银行、美联储、美国其他官方机构以及世界各大央行等,许多年来一直以 40% 的增长率高速发展。2001 年布隆伯格竞选纽约市长一举成功,翌年 1 月 1 日正式上任,连任 3 届后又回到了他的彭博社。

在彭博社,我站在高楼的窗前向外眺望,白云蓝天映衬着无限开阔的风景。远处的河,更远处的海;远处的树,更远处的山都收入了视野。领略着大自然对人类的无私赐予,不禁让人浮想联翩。近处,城市的大街小巷尽收眼底。高楼重叠,园林蓊郁,车似甲虫,人如蝼蚁来去匆匆。纽约是美好的。如同所有的地方和事物一样,美好的外表和盛名之下则可能还有许多不尽如人意的地方。金无足赤,人无完人。人和物尚且如此,何况是一座世界顶尖级的大都市。

因为我的这些文章都是写实的,只要在主题的范围之内,则看到什么就写什么,写到哪里就算到哪里,并不考虑谁爱听谁不爱听,谁待见谁不待见,反正客观就这样存在着。所以,我写纽约,写她的风情,写她的庞大,写她的豪华,写她的繁荣,也写了的她的负面。从而,也就有了这个标题:

纽约,你让我怎么说!

"丁头"上的家

* *

千年假道乱痴心,欺地骗天闹鬼神。

谁见东家得益处,却知要付万足金。

世界上有许许多多的路,就路的走向来说,有的是东西,有的是南北,有的是正向,有的是斜向;就路的形态来说,有的弯曲,有的笔直,有的交叉为十字,有的衔接成丁字……不管怎样,总是因地制宜,各不相同。人类为方便行走而修路,或者因为"走的人多了便成了路"不过是先与后的区分,并没有改变人与路的关系。然而,千百年来有的人却往往"节外生枝",在"路与人"的关系之外大做文章,神秘兮兮,云里雾里。丁字路口的那个"丁头"上不适宜建房子住人便是其中之一。

这里所说的"丁头",是丁字"竖勾"正冲上面那道"横"中间的地方。如果房子正好就在这样的地方,就是国人那风水理论的所谓"犯冲"。曾经有一个地方拆迁,一户不愿拆的房屋还在立着,而纵向的路已经形成雏形,直"冲"着这户人家的门。一个颇信"风水"并似乎自以为还有些"研究"的负责拆迁的官员便对着房屋吼道:"再不拆,冲死他!"很显然,那是冲着房主吼的。后来,也不知那户人家真怕"冲死",还是补偿的钱按照他的要求到了位,反正那房子最终还是拆了。这事,也或许对一些人相信风水,怕"被冲死"说法又做了一个注脚。

对于中国所谓的"风水理论"我不能说精通,却也略知一二。什么对啊,冲啊,逆啊,顺啊,迎啊,转啊,什么左青龙右白虎,前朱雀后玄武啊等等的五花八门也还是略知一二的。这里要说的建在丁字路口"丁头"位置上的家,在美国虽然不能说比比皆是,却也并不鲜见,因为在这里,人们只是遵循着"路与人"的关系,建房子安家完全是从方便不方便于行,适宜不适宜于人的方面考虑,根本就不在乎什么"丁头"还是"丁尾",也从来没听说什么"冲"还是"不冲"。

我习惯于早晨散步,就是那么漫无目的地转悠,除了锻炼身体,放松心身,就是看看市区或者原野的风光。因为这种散步多是一个人单独行走,正可以顺便把撞入耳目的时风物情加以梳理思虑。一天早晨,我依然像往常一样大致地"按时"出去,沿着纵横不定的街道走着。温和的阳光,修长的树影,让人感觉到一种由衷地舒畅。这时我走的路是由北向南,在即将到了尽头的时候,才注意这是一个丁字路,迎面的"丁头"位置,是一座二层的住宅,建筑风格也是那种比较流行的长方形,四开间,棱角分明,式样别致,旁边附着车库的那一种。房屋是米黄色,在阳光的映照下格外鲜亮,房顶也是那种普遍使用的浅灰色合成材料的"瓦片"。建筑的地基比较高,有几级台阶直通建有檐厦的门口。台阶和门口的两边,月季花、芍药花、郁金香、鸢尾花等等,五颜六色开得十分灿烂。吊在檐厦上的还有几个装点得绚丽多彩,花开正盛的花篮。车库外面的空旷处,停着一辆敦实的皮卡和两辆轿车。不用说这是一个温馨、和谐、美满且富有的家庭。我特别注意到了这个"丁头上的家"，也引起了我对中国风水理论的思考和对美国建筑更多的关注。

在大西洋海岸的纽约，那天下午我们从眺望观览自由女神像的渡船上下来，直接就去了距离码头不远的华尔街。这是一条闻名世界的街道，美国大垄断组织和金融机构包括美国证券交易所、投资银行、联邦储备银行、纽约证券交易所、信托公司、公用事业和保险公司的总部以及美国洛克菲勒、摩根等大财团开设的银行、保险、铁路、航运、采矿、制造业等大公司的总部以及棉花、咖啡、糖、可可等商品期货交易所都设在这里。这条街只有 11 米宽，约 600 米长。我们到来的时候，因为是周末，街上设置了固定的升降式路障，不经特别允许，汽车等大型交通工具是不能通行的。

华尔街是东南西北斜着的走向，在西北头的正中迎面，就是著名的纽约"三一教堂"。1696 年，这座教堂由英国圣公会兴建，是圣公会纽约教区的堂区教堂，当时是曼哈顿下城的最高建筑，是对进入纽约港的船只表示欢迎的灯塔。1804 年 7 月 12 日，当美国开国元勋、宪法起草人之一、国家第一任财政部部长亚历山大·汉密尔顿去世之后，教堂应他的要求，为他举行了圣餐礼并安葬在教堂院子那片宁静的墓地里。这是一个伟大的灵魂——一个来自英属西印度群岛的私生子和无家可归的孤儿。他来到北美的土地上，天才地成为乔治·华盛顿最信任的左膀右臂。不幸的是，却在与副总统阿伦·伯尔的决斗中死于非命。1976 年，"三一教堂"被列入国家史迹名录。2001 年 9 月 11 日，世界贸易中心的坍塌撞倒了教堂院内生长了一个世纪的无花果树。

这个教堂的存在，也足以证实中国风水理论在美国的地位或者说"市场"是如何无地自容，并不像一些人吹嘘的那样，什么风水学在美国如何大行其道，"风水大师"在美国高层被如何地"奉若神明"等等。大约,美国的房屋建筑并没有讲究那些子虚乌有的所谓"风水",人们看重的唯有进出的方便,来去的自如和环境的优雅。看看一些建筑,如果按照中国的"风水理论",那些根本不宜于建房子住人的地方,在美国却司空见惯。譬如那些水头山顶,那些墓旁桥边,没有哪个家庭,哪个机关或企业认为有什么不适,也没有谁会认为犯冲、犯克、犯凶、犯恶。在美国城乡,葬坟的地方有许许多多,墓地里各种形状的大理石墓碑大都刻写着逝者的史迹和生者的祝愿。按照基督的教义、仪式和风俗,建设、安放的各式建筑物和雕塑形象。平整的绿地,美丽的鲜花,苍翠的松柏,使神圣和自然构成了丰美的和谐统一。而这里的周边,精美的住宅,繁华的超市,忙碌的工厂,安静的仓储地,井然的办公机构,严整的执法机关等等,并没哪种哪类因为靠近"阴宅"(风水用语即指坟墓)而有任何忌惮。

康科迪亚大学学前教育中心坐落在市区南部,是一拉溜的十几间平房,右边是大学生宿舍区,左边和前边是街道,后边是一个方圆几百米的墓地,坟墓有数千个。每一个坟墓四周有的摆着鲜花,有的立着烛台,有的为了表明墓主人生前的职业安放了工具或机械模型,还有的雕塑着书本和双手翻开书页阅读的图形等等,与周围的学校、住宅似乎一样地相得益彰。在中国,学校特别是幼儿园靠近墓地,这几乎是不可想象的事。因为人们忌讳那些死去的人会阴魂不散,会神差鬼使般的兴妖作怪,是最不吉利的"风水"。而在美国,并没有谁感到有什么不妥。

1999年,《光明日报》刊载了一个文章:《风水"阻止了中国的发展和进步"——一个外国传教士本世纪初的风水观》,文章介绍说,英国伦敦会传教士麦高温1860年来华,他精通汉学,1909年在上海出版了《中国人生活的明与暗》,在专论风水的那一节写道:"在中国,风水被认为是最强大的超自然的力量之一",无论是家庭、坟墓还是城市,都不可没有风水。坟墓如果是块风水宝地,就会给家庭带来财富和荣耀,否则如果家庭不幸就认为是房子或坟墓有碍风水。麦高温在列举了大量有关风水的事实之后,得出的结论是,风水"比其他力量更加阻止了中国的发展和进步"。其实,正如这个传教士所看到的,中国人自古以来就相信风水,许多人花大量的钱财请风水先生找一块"存风聚气的好地脉",建设住宅或安葬先人。认为有了这样的好地脉做"依靠",就可以整天躺在安乐椅上等着升官发财,等着福禄寿喜从天而降。到头来,所有期盼的不但没有等到,反而失去了许多发展的机会,造成了家国的封闭、落后和衰微。

长期以来,在许多人的心目中,风水被看得异常的神秘和神圣,作用力是很大的。除了"文革"期间没人敢提及之外,"文革"之后几乎比什么文化恢复得都快。到了现在,相信风水的人越来越多,以风水理论指导的行为规则,已经细致到公务或商务组织的办公桌椅和家庭橱柜、床铺等等的摆放位置或朝向,甚至更具体的细枝末节。风水理论所带来的"商机"也随着这个"多"而风生水起,财源茂盛。一个个被吹成泡沫的"风水大师"都赚得瓢满钵满,一件件风水信物都卖得风风火火。看看一个个见诸报端的落马贪官,其大致普遍涉及的除了情妇就是风水和向"大师"名目繁多地求神问卜,祈望神灵保佑,消灾免祸,发财升官。更有甚者和具有讽刺意味的是,一位高官依靠手中的权力刚刚把自己先人的坟墓迁到了所谓藏风聚气的风水宝地,又讨了吉人天相,永世富贵的口彩,却不久就遇上被查的厄运,遭受了牢狱之灾。

毫无疑问,风水是中国的传统文化,也是一种古老的风俗。这风俗在中国人的意识中具有一定的地位和传承的基因。作为风俗,作为旧有文化,如果用作人们酒后茶余的闲聊、街谈巷议的噱头、插科打诨的戏谑倒也未尝不可,而如果信以为真,甚至作为研究问题,决定事情的依据,那就不仅如同水中月,镜中花,而且简直就是"盲人骑瞎马"了。近年,又有人拉"环境科学"的大旗作虎皮借以蒙人以招摇过市,却终究也遮不住"借机敛财"那条狐狸尾巴的。

自古以来,明智的人一直对迷信持否定的态度。2 000多年前编撰成书的《论语·述而》篇就有"子不语怪、力、乱、神"的说法。这里,他无疑是把"怪"和"神"与暴力和祸乱联系在一起的。可见孔子并没有推崇那些子虚乌有的歪门邪道。有些人动不动就拿"孔圣人"说事,把一些装神弄鬼的神神道道硬往孔子身上推,并作为"依据"借以骗人,让他老人家背了千百年的"黑锅",至今也没有得到"彻底平反"。明朝开国功臣刘伯温(刘基)长期被一些人推崇为"神仙",而他在其《司马季子论卜》一文中却说:"蓍,枯草也,龟,枯骨也,物也。人,灵于物也,何不自听而听于物乎?"意思是说占卜用的蓍草和龟甲本来就是枯草和枯骨,而人有灵性,比这些东西都明白,为什么不信自己而信这些东西呢!清朝大才子袁枚在他的《牍外余言》中说:"居易以俟命,故不信风水、阴阳;听其所止而休焉,故不屑求神礼佛。"曾经有人说鬼神"俗人说是有的,哲人说是没有的,官人说是有用的。"很明显,说"有"的是因为愚昧;说"没有"的是因为睿智;说"有用"的是为了愚弄人民以利于巩固自己的统治。

更让人匪夷所思的是,一些号称用《易经》算命、占卦、看风水的所谓"大师",许多对《易经》的文词都读不成句,对《易经》是什么都不知道,甚至连《易经》见都没有见过;那些街头测字的居然不认识被"测"的字怎么读,是什么意思。就这样的"大师"信口雌黄、信誓旦旦却还能让一些人深信不疑,甚至为其扬幡招魂,摇旗呐喊,实在不能不让人感到是一种多么愚昧的可怜,多么痴迷的可悲。

古旧，或许是一种成熟

*

*

岁月有痕成注久，凝冰化水固春秋。

风滋雨润包浆满，代代珍惜代代留。

如果你认为美国作为世界第一强国，就一定会高楼簇新，街道鲜亮，城市到处辉煌靓丽，那就错了。相反，第一印象往往却是街道老旧，房屋低矮。尽管美国素以"摩天大楼的故乡"而著称于世，但在许多中小城市，不仅住宅，就是公共建筑，像中国的那种所谓的多层（5～6层）或者小高层（10层以上）的建筑都很难看到，更不用说十几、几十层的高楼大厦了。而且，如果你留心观察，冷不丁就会看到建筑物上镌着建于18XX年X月，17XX年X月，甚至还有16XX年的。说明这些建筑已经有数百年的历史了，比美国独立的时间都长许多。在纽约，不仅有许多数百年前的旧房子，还有一条条古老的街道。世界上最大的金融中心华尔街,始建于 1653 年,看起来虽然老旧,却依然像明清的红木家具那样,散发着看不见也说不清道不明却又似乎处处可以感觉到的那种悠远和深沉。

堪萨斯是美国开发比较晚的州,州首府所在地托皮卡(Topeka)始建于 1854 年,1861 年定为州首府,成为全州的政治、经济、文化中心。托皮卡市的经济文化和公共事业都很发达。因为其具有稳定的就业市场、高质量的学校、高水平的医院,居民友善以及住房成本较低等,被一家杂志评为全美最佳都市之一。州议会大厦始建于 1866 年,迄今已有 140 年历史,其建筑风格与美国国会大厦相似,圆顶尖端,比国会大厦还高 5 米。目前是美国为数不多的可以让游客到圆顶上参观的州议会大厦之一。2010 年我初到那里的时候,这个大厦正在维修,周围全被脚手架遮拦。修旧如旧,重新开放后光彩照人。这样在使用中维修,在维修中使用,始终保留了其固有的面貌和历史价值。许多公共建筑如行政、司法、邮政、公立学校、图书馆、博物馆等,大多数是从建成之后就一直用着,没有见到多少是新建,也没有推倒重建的。

美国法律规定:凡是在历史上起过重要作用,且有 50 年以上历史,具有重要价值的建筑物、构筑物和其他实物,都列入需要登记造册的范围。经确认后,就不得随意变动了。目前全国被列入这种名录的建筑物和文化遗址已有 100 多万个,其中有许多为 20 世纪的建筑遗产。至于各地怎样在发展中保护古建筑,我没有过多地考察,只是了解了纽约的那个苏荷(SOHO)区保护性改造的过程。苏荷区在曼哈顿岛的西南端,临近华尔街,是一个占地约 0.4 平方公里,人口 6 500 余人的社区。这是 19 世纪中叶美国工业化时代兴起的一个工业区,曾兴建了大量以铸铁材料为主的厂房,是闻名于世的铸铁建筑历史街区。当年,因制造业衰退工厂纷纷搬离后,留下的大车间租价低廉,成了很多青年艺术家的生活空间和工作室。1959 年,纽约市决定对苏荷区进行改造时,为保护这块历史遗产,市民和市政府经过了 10 年讨论，共同选择确认了"以旧整旧"的方法。市政府与规划、立法部门制定了一系列法规，在居民和企业的直接参与下，充分考虑到保留原有的文化基因，坚持高雅艺术与大众消费相结合的理念完成了改造，使苏荷区承旧启新，如出浴的美人娇娆于世间。有人说，古老的建筑常常蕴藏着一种灵气，一种积淀，一种永恒的记忆。这话颇有见地。

此前的美国，许多城市经过更新改造后常常因缺乏历史厚重感和缺少地方文化个性而单调乏味，被称为继战争之后对城市的"第二次破坏"。美国的有识之士认为，城市的美在于其独特的历史，城市的古旧街道和建筑物是延续这种历史最重要的物质元素。大规模的无序改造，必然危及古城、古街、古建筑的风貌，但城市的发展却不能停止在历史的原点上。纽约苏荷区的成功改造便提供了既保护改造又稳定发展的成功范例。如纽约改造苏荷区一样，我国也有这样的范例。据《烟台晚报》报道，烟台市对烟台南大街包括国贸大厦、住房银行在内的 36 处建于近代的非住宅建筑和 33 处住宅建筑，按照规划方案对建筑物立面进行重新装饰，一些暂时保留建筑外墙原貌的则清洗粉刷，对街面所有广告及门头牌匾进行规范，充分展现了现代海滨旅游城市的历史风貌。这种改造被形象地称为古旧建筑的"穿衣戴帽"。

不过，我国像烟台南大街这种对城市旧街、古建筑"穿衣戴帽"式的改造并不那么普遍，许多是那种"破旧立新"式的推倒重来，一些古楼老街都在这种毁灭性的改造中毁于一旦。中国民俗学会会长冯骥才说："时至今日，只有为数不多的城市留下了这种货真价实、具有深刻记忆价值的老街，比如福州的'三坊七巷'、'屯溪老街'和平遥城中的'四大街'等等。"（2015 年 11 月 27 日《河北日报》）回过头来，当一些地方认识到那些古楼老街的旅游价值的时候，又花巨资作假重建。还是冯骥才说的："等到把真的拆光了后，就要造假的了。"

把旧街古楼推倒重来是很可惜的。这不仅毁灭了历史,斩断了城市的根脉,也大量地浪费了资源资金和宝贵的人力物力。美国人不仅重视古建筑的保护,而且在各方面也很务实,做每一件事都会精打细算。他们懂得"整旧如旧"的保护会比改造翻新或易地另建省工、省料、省钱这个最基本的道理。如果一个房子的维护成本合理、功能齐全、使用安全,就绝不推到重建。城乡建筑物的古旧保护是这样,公路、街道、公园、绿地的建设整修也是这样。在城市,经常能够见到街道的有些路段已经被来来往往的车辆碾压得露出了石子,有的地方还打上了柏油或水泥的补丁。通过洛杉矶的 110 号高速公路,20 世纪 50 年代投入使用,已经经过多次修补,却一直没有翻新重铺。在道路上行走,时不时就会见到用红漆或黄漆画了圈的坑坑洼洼,说明这里要开始修补了,也需要过往车辆绕一下通过。这种情况不只是一个城市有,一般大、中、小城市都能见到。他们确实从实际出发,能用一年是一年,能省一个是一个,扎扎实实当日子过,不是因为花公众的钱就大手大脚,随意铺张浪费。另外,这个国家不论哪一级的财政支出都要经过同一级议会讨论,议会通不过就不能使用。州长、市长等等的行政长官根本就自己说了不算,更不用想做什么"面子"、什么"形象"、什么"标志性"工程了。不像中国有的地方,贫困县盖豪华办公大楼,书记、县长拍拍脑袋就可以盖起来,根本不考虑地方财政能不能承受得了。承受不了的就举债,以致接任的下一届的政府就有了打不完的饥荒还不完的债。而且美国建筑有严格的质量保证,没有"豆腐渣工程"。否则,以后的维修也就无从谈起。有关数据显示,英国建筑的平均寿命达到 132 年,美国为 74 年,而中国的还不到 30 年。有的使用 20 几年的住宅楼就自行倒塌了,有的建筑物还没有投入使用就又爆破推倒了,根本就无所谓修补,也就不存在"整旧如旧"的改造了。

众所周知,美国是资本主义国家,私有化程度非常高,组成美国城市的主要建筑是住宅和私营公司用房。这些建筑物的历史往往更长，维修的次数也就更多。对此，哪一家也珍重先人留下古宅的原汁原味，原型原貌；哪一家也知道维修会比翻建节省许多，不会眼睁睁地去愧对先人花那些冤枉钱的。就是"不差钱"的富有家庭，那些崇尚实用主义的美国人也不会去建大房子鹤立鸡群似地"显摆"。何况，这除了要无形中增加房产税之外，社区管理上还各自有一些规定，如不能随意改变房屋外观面貌，必须保持基本结构、保持与周边环境协调等等，都是需要居民户自觉遵守的。

2015 年 9 月 22 日，国家主席习近平在华盛顿州政府和友好团体联合举行的欢迎宴会上演讲时说："海明威的《老人与海》对狂风和暴雨、巨浪和小船、老人和鲨鱼的描写给我留下了深刻的印象。我第一次去古巴，专程去了海明威当年写《老人与海》的栈桥边。第二次去古巴，我去了海明威经常去的酒吧，点了海明威爱喝的朗姆酒配薄荷叶加冰块。我想体验一下当年海明威写下那些故事时的精神世界和实地氛围。"

习主席使用这样的语言描绘的这些场景实在是太美了。他之所以能够到实地感受，当然得益于这些地方对历史建筑的保留和保护。当我被这个描绘深深陶醉的时候，也特别联想到了那座古老的栈桥，那个古老的酒吧以及那种朗姆酒配薄荷叶加冰块的古老搭配……这一切，都会同海明威与他在《老人与海》中塑造的艺术形象一起，成为不朽。

古旧，是一种成熟。什么时候，人类都能够随着那些"古旧"的历史与文化一样成熟起来？

这，我并不知道。

登上了美国的航母

*

*

金戈铁马鬼神惊,弹雨枪林铁甲兵。

大帅挥师风卷雪,硝烟散尽入躬耕。

就在中国人民解放军总参谋长房峰辉访问美国,参观了美国海军"里根号"核动力航空母舰和"科罗拉多号"濒海战斗舰之后的第 10 天,我们一家登上了他们的"无畏号"航空母舰。房总参谋长的参观是中、美两军的友好交流,而我们不过是顺路的参观而已。

纽约曼哈顿的清晨是宁静的。家人还未醒来,我独自出了宾馆沿街闲逛。几个早起的人在悠闲地散步,穿着短裤和背心的人在慢跑;一对白发苍苍的老人相互偎依着坐在排椅上窃窃私语;草地上慵懒的露宿者裹着厚厚的棉被,此刻也在懵懂中露出了头,骨碌碌的眼睛看着被窝外面新一天的世界。悠扬的琴声自远方传来,白色的海鸥从空中飞过,垂钓者拴着铅弹的鱼线,急匆匆掠过游动的水鸭子,"砰"然落进了远处的水中……

我停住脚步,站在立于哈德逊河上的木栈道南望,紧靠岸边的一个庞然大物直立着耸入蓝天,如同高大的建筑墙壁遮住了通往远方的视线。仰视,顶部有高巍的塔楼,平静处的设施和各种物件在淡淡的薄雾中若隐若现,五颜六色的旗帜在微风中拂拂悠悠地飘动。到近前,除了黑黝黝的铁壳就什么也看不见了。唯一能够看到并与之相联系的,是一条条比胳膊还粗的绳索,把这庞然大物牢牢地栓在岸边粗壮的铁桩子上,防止其随意漂移。它的左侧是一个开阔的平台,靠近在这庞然大物的舷梯直通顶端。显然,这是一艘航空母舰。儿子安排今天的活动是参观航母博物馆,不知是不是就在这里。

此刻的纽约,早晨还有点凉,太阳稍一高起来就有点热了。正是晴好的天气,一家人吃过早饭便向河边走去。蹦蹦跳跳的小孙女虽然并不知道路怎么走,却争着跑到前头,"自告奋勇"地为大家"带路"。待到达目的地,正是我早晨散步见到的那个"航母"。踏着舷梯,我们登上了航母的甲板。甲板的平面上,分三排摆放着各种各样的飞机,一共大约有30架。这些飞机大都是战斗机,型号不同,年代也不一样,有的机身上还涂有老虎或是鲨鱼的图案,显得极其威猛,不知这是不是曾经参加过中国人民抗日战争的英勇无畏的"飞虎队"的座驾。众多的游人在机群中或观览或拍照;最多的是那些天真活泼的少年儿童,穿梭似地在飞机之间奔跑、欢跃,为宁静的甲板增添了生动的活力。在这样的博物馆里参观,就像站在战争和历史的肩膀上,思绪穿越了时空,也把人生的视野带向辽远。

这是一艘已经退役的美国海军"无畏号"航空母舰,长301.5米、宽58.5米,排水量41 200吨,最大吃水深9.45米,最高航速33节,总乘员2 128人。1943年"无畏号"下水服役,为国家和军队立下了赫赫战功。二战期间,曾遭到日军一枚鱼雷和五架"神风敢死队"自杀式飞机的疯狂攻击而坚挺自如,震惊了日本朝野。到 1945 年 9 月二战结束,"无畏号"航母舰队共击落日本军机 599 架,协助炸沉日舰 122 艘。1974 年,"无畏号"航母在经历了 30 多年战斗洗礼之后光荣退役,1982 年改建为海洋航空航天博物馆——世界上最大的漂浮式博物馆——停泊在纽约曼哈顿区的哈德逊河中对公众开放。1986 年,这个博物馆被评为美国国家历史地标,成为纽约市一个重要的旅游景点。在这样的博物馆里参观,就像站在战争和历史的肩膀上,思绪穿越了时空,也把人生的视野带进了辽远。

在这艘航母上,参观的人可以进入航行驾驶室、作战指挥室、政战议事室、军人睡眠室等,观摩和体验那简洁而又适宜长期远距航行,大规模海、空作战的设计与构造;可以近距离观瞻和识别各种复杂而细密的仪器仪表,方便快捷的升降起落设施;可以在各个展出的空间里尽情浏览,感悟作为军人尤其是战时军人的艰险、勇敢和自豪,从而生出一种敬畏和对世界和平的珍爱之情。

在光电声像的环绕之中,随着川流不息的参观人群,徜徉在展览大厅的各个展区,可以看实物,看图片,看视频,看文字说明。这些,都是有关航母和美国航海、航空和航天成果的展演介绍。更具特色也更能吸引游人的是可以模拟体验飞行驾驶的模型以及能够与游人互动的操控仪器和设施。小孙女对这些好玩的器物特别感兴趣,不停地从上一个跑到下一个,小燕子似地飞来飞去,用她那稚嫩的小手动动这样,摇摇那样,爬进飞机驾驶舱装模作样地让爸爸拍照。每个跟随大人到来的孩子大都如此,所以那些特别让孩子感兴趣的地方,往往需要排队等候。

在航母"肚子"中的展览大厅里,最大的展品是美国也是人类历史上第一架航天飞机。这架名为"企业号"的航天飞机是美国航天飞机生产链条中的第一架原型机,1976 年 9 月完成总装出厂。机长 37.2 米,宽 23.8 米,高 17.4 米,空重 72.6 吨,载荷舱长 18.2 米,宽 4.6 米,由 250 多万个部件、3 500 多个分系统组成。它既能代替运载火箭把人造卫星送入太空,也能像载人飞船那样在轨道上运行,还能像飞机那样滑翔着陆;能将 29.5 吨载荷送上 370 至 1 110 公里高的空间轨道,也可从空中带回 1.45 吨重的物件;可以在太空停留 30 天,执行各种太空使命,是当时人类发明的最先进、最复杂、功能最齐全并可重复使用的航天器。虽然,这架航天飞机从来也没有进入过太空实际飞行,但作为一个所有功能完全具备的测试机,却是后来"哥伦比亚号"航天飞机成功飞行的真实先导。

"企业号"航天飞机在 2003 年退役,2012 年 4 月 27 日,"骑"在一架经特殊改装的波音 747 飞机上从弗吉尼亚的杜勒斯国际机场起飞,安全降落在纽约肯尼迪国际机场,最终被运送到"无畏号"航母博物馆作为一个独特景观供人观瞻。

航天飞机突破展厅的楼层昂首陈列,始终保持着起飞的状态,在下层可以仰视,在上层可以俯瞰。旁边,航天模拟器在不停地翻转,一个个有兴趣的参观者排着长队依次进入像"匣子"一样的密封空间进行太空旅行的体验。另一边,一个载人航天器的返回舱如同扣着的大钟放置在平台上。对我来说,这是比较熟悉的形象。因为我国的神舟号宇宙飞船几次升空和返回我都比较关注,多次见到并且十分在意这个搭载宇航员的返回舱。但像现在这样近距离观察还是第一次。这是一个可以搭乘三名宇航员的返回舱,窗口、舱门封闭严密。从表面看,舱内设置并不复杂,环绕舱壁呈三角摆放的三张窄窄的床;几条安全带或横或垂,安静地留在床铺的铺面和两侧。看得出,宇航员从太空返回地面的时候,在返回舱里是躺着,并牢牢地被安全带捆住。所以,当我们从电视上看到宇航员出舱时需要由人帮助和搀扶的时候,就很容易理解了。

我们从航母走出来,回到航母停靠的码头栈台。栈台的另一侧停靠着一艘浮在水面的潜艇,高高翘起的尾翼上喷涂着白色的"577"序号,在阳光的照耀下格外耀眼。这也是一艘供人们参观的退役潜艇。潜艇的前面,等待分批进入的人已经弯弯曲曲地排起长队。待随着长长的人流走到入口,活跃的小孙女却被挡在了门外,因为出于安全考虑,12 岁以下的儿童不得进入。于是,她依旧欢蹦乱跳地跟着奶奶到她刚刚关注了的娱乐场地,玩她的攀岩爬高去了。回头想想,正是因为这里不让小孩进入,才在旁边开了个游乐场,好让孩子在大人参观潜艇其间不至于无聊。

我同儿子进入潜艇,里面狭窄的空间里中间是通道,只能走一个人,还要小心翼翼,不然就会碰到两边的设施、管路或电线以及折叠整齐的床铺。通道隔不远就有一个矮小的舱门,弯着腰,低着头才能通过。"门扇"和"门框"的对接处装有密封条,大约是为了在潜航时一旦需要,可以紧急关闭。毕竟,这里曾经的乘员们在执行任务时,不可能像现在的参观者那样有丝毫的轻松和消闲。参观如此复杂的舰艇而没有人介绍,对于外行人来说,除了体验一下亲临实物的感受之外,只能凭感官和常识交汇地猜测,用"大约""或许""可能"等等模棱两可的词汇自以为是的揣度。

步出潜艇的最后一个出口,我们又来到栈台之上,一家人会合在一起。这时,一队着装整齐的老兵迎面走来。今天是美国"阵亡将士纪念日",他们一起来到自己曾经战斗过的舰艇上慰藉英灵,对缅怀和祭奠失去的战友,寄托自己的哀思和念情。不远处,几个现役军人正在散发资料,分送印有相关文字的小纪念品,进行征兵宣传……

"9·11"废墟上的建设

*

*

仇山恨海舞妖魔,何故生杀爻予夺。

面目难识人与鬼,须防笑面是阎罗。

我觉得坐地铁的人就像喀斯特地貌的一些河道,河水刚从这边进入地下,又从另一边冒了出来。而这一神秘的过程,在地面上的人往往浑然不觉。我们从纽约43街的威斯汀酒店到福尔顿街上的希尔顿千禧酒店就是乘地铁走的。期间,在拥挤的列车上一位黑人女士为我让座,令我深受感动,也加深了我对这次地铁之旅的记忆。下了地铁上到地面,离出口不远就进到酒店,办完手续,便住进了宽敞舒适的房间。

这是一个高层建筑,视野很开阔,明亮的窗户正对着两座还在建设中的摩天大楼。大楼主体已经完工,外装修也基本结束,耸在半空的塔吊还在运行,物料和施工工具与建筑工人一起随着设施游走。大多数窗口已经封装,有的还敞开着,任由吊着的工作筐里的工人和物料进进出出。环绕摩天大楼的地面,则是繁忙的建筑工地。

这是在世界贸易中心旧址上进行的新建设。世贸中心原有的建筑物始建于 1962 年,占地 6.5 公顷,坐落在曼哈顿岛西南端,西临哈德逊河,由两座被称为"双子座"的 110 层 411.5 米的塔式摩天楼和 4 幢办公楼及一座旅馆组成,为纽约市的地标建筑之一。2001 年,世贸中心大楼在震惊世界的"9·11"恐怖袭击事件中轰然倒塌,化为一片废墟。"9·11"恐怖袭击震惊世界,其袭击手段的奇特和"别出心裁"令人瞠目,恶劣和残忍的程度令人发指,造成的恶果令人不堪回首。中国有句警世之言说,害人之心不可有,防人之心不可无。可是,世间发生的许多事情常常不能不让我从另一个角度思考这个问题。我想,没有害人之心的人,防人之心往往也不会有。因为自己不害人,很可能认为也不会受别人的加害;即便知道会受害,也不知道害人的人会用什么手段。因而,即使有了防人之心,也不知到从何防起,也就是防不胜防。当然,尽管如此,也还是要防的,不能让害人之人如入无人之境。"9·11"恐怖分子劫持飞机撞向无辜的建筑和平民的恶劣行径,善良的人怎么会想得到,又怎么能防得了! 当年我听到"9·11"事件发生的消息之后,第一感觉就是"这罪魁祸首怎么会生出这样的十恶不赦之策!"

2001 年 9 月 11 日,在美国的 19 名恐怖分子分别同时搭乘从波士顿、纽瓦克和华盛顿特区飞往旧金山和洛杉矶的四架民用航空飞机,在飞行过程中将飞机劫持。8 时 46 分,美国航空公司 11 次航班的波音 767 飞机以大约每小时 490 英里的速度撞向世贸中心北楼,立即引发大楼起火,飞机携带的 69 吨航空燃料火上浇油,火借风势,蔓延开去,整幢大楼遭到彻底焚毁。9 时 02 分,联合航空公司 175 次航班,也是一架满载燃油的波音 767 飞机以大约每小时 590 英里的速度和约 45 度的左倾角度撞上南楼。在华盛顿,上午 9 时 37 分,美国航空公司 77 次航班的波音 757 飞机撞上五角大楼西翼并且引起大火。上午 10 时 03 分,联合航空公司 93 次班机的波音 757 飞机在宾夕法尼亚州的尚克斯维尔东南部坠毁。

这是人类历史上最严重的恐怖袭击事件之一。对美国来说,这是继 1941 年 12 月 7 日第二次世界大战期间日本偷袭珍珠港事件之后,又一次在本土遭受造成惨重伤亡的袭击。在这个恐怖事件中,共有 2 998 人遇难,其中 2 974 人被证实死亡,24 人下落不明。遇难人员包括四架飞机上的全部机组人员及乘客共 246 人,世贸中心工作人员 2 603 人,五角大楼 125 人。另有 411 名救援人员以身殉职。世贸中心造价高达 11 亿美元的两座摩天大楼顷刻之间化为乌有,入住这里的世界各地 1 200 多家企业丧失了巨额财产和数据,人才损失无以计数。全球股票市场受到巨大影响,纽约证券交易所在事件发生后一度休市,道琼斯工业平均指数开盘第一天下跌 14.26%,跌幅最严重的是旅游、保险与航空股,直接和间接经济损失达到上千亿美元,进一步加深了全球经济的萧条。

我入住的这个希尔顿千禧酒店与世贸中心的"双子座"大楼之间仅一路之隔,"9·11"恐怖袭击时也受到波及,造成了一些损失。此刻,横在这之间的"一路"因为临近建筑工地的原因被围墙挡板隔离,有的路段依旧架着顶棚。十字路口的行车道设有由专人值守的栏杆,时而打开这边放行东西方向,时而开通那边放行南北方向。行人除了要受挡板的约束不能左顾右盼之外,倒是可以自由通过。过了"封闭"的路段,便进入了正常通行的街道。

新的世贸中心建筑工地在四周往来如织的人群和穿行如梭的车流的环绕中。建筑工人正在紧张地搬运那些可能是趁夜间道路稍清闲时运进的建筑材料。吊装机械在工人的操作下忙碌而有序地把物料一件件从集装箱搬上小货车,一趟趟地开进大楼底层敞开的门洞。装运的过程无声无息,听不到些许的嘈杂,偶尔发生的工具或建材之间的碰撞声,也很快淹没在车辆行人的喧闹中了。头戴红色安全帽的建筑工人,穿着整洁得体的蓝色牛仔工装,在那里专心致志地工作,身上透着一种对生活的信心和对人生的挚爱。

建筑工地的旁边是一个广场,也是公园。公园里一丛丛的各色花卉迎着清晨的阳光在微风中摇摆,轻柔而飘逸;一株株的美国国树 —— 白橡树(也称白栎树)郁郁葱葱,正像卫兵一样矗立着,营造出庄严的氛围,让人不禁生出肃穆和景仰之感。这个占地 3 万多平方米的广场,是美国国家"9·11"纪念馆的所在地。广场的中心部位,在世贸中心原"双子塔"高耸的地方是由两个 4 000 平方米的正方形大坑组成的"9·11"事件纪念碑。清澈的水流沿着四壁直泻而下,形成了湍急的瀑布。跌落之后的瀑布缓缓地流入了底部中央另一个方形的深渊之中。大坑的四周,深褐色的青铜质外墙上镂刻着在"9·11"恐怖袭击事件中遇难者的名字。小孙女跷着脚用小手抚摸着一个个的名字,"咿呀"着不知读了些什么。她又爬到爸爸的肩上,如大人一样面色凝重地向墙里面的瀑布望去,仿佛她也能明白这里发生过的惨剧。这时,一个巡逻的警察走来,提醒说小心别被风吹倒。

"9·11"纪念碑的瀑布一直流到地下,其光和影一直与地下的"9·11"国家纪念博物馆相连。纪念博物馆于 2014 年 5 月 14 日举行媒体预展,15 日起对在"9·11"中遇难者的家属、救援人员和幸存者进行为期 6 天的开放活动,21 日正式对公众开放。我们来到这里的时候是 5 月 28 日,即正式对外开放的第 8 天。入馆参观依然需要按顺序排队,当我们即将排到入口的时候,馆内限定参观人数已经额满,只好遗憾地离开。据资料介绍,馆内保存了大量的现场图片、实物和声、光、电资料等等,表达了对死难者的无限缅怀和深切悼念以及逝者家属对亲人的追思。其中有一段世贸中心残存的防水墙基,遭飞机撞击的北塔和飞机残骸,一段被严重损毁的大楼钢梁和一段逃生的阶梯,一台救援时使用的起重机,一辆遭受严重损毁的救援消防车,一些倒塌的大楼内的衣物和在碎石中找到的自行车等等。还有人们对"9·11"恐怖袭击回忆的录音,包含了来自48个国家的28种语言。一面墙上刻着诗人维吉尔的诗句:"日日夜夜都不能把你从时间的记忆中抹去"。

离开"9·11"纪念馆的广场,在临近的一个建筑物上,我们瞻仰了"9·11"消防纪念墙。纪念墙刻有碑文和在"9·11"事件中以身殉职的消防队员的浮雕图片,巨大的浮雕画面再现了当时惨烈的情景和消防队员奋不顾身、前赴后继的救援场面。镶嵌这帧巨大浮雕的是一个消防队所在地的墙壁,当时驻守在这里的消防队员最先到达现场,在英勇的救援过程中全部以身殉职。这里,曾经的惨烈,不能不令每一个经过这里的善良人潸然泪下。"9·11"事件和这帧浮雕,这面墙壁,这个住所,这些消防队员的英雄形象和英勇事迹,深深地铭刻在我的心中。

即将离开这个曾经震惊世界,曾经让全人类痛心疾首,铭心刻骨的地方,我不断地回首。回首那依然繁忙的建筑工地。那在废墟上拔地而起的摩天大楼直入云霄,成为纽约市新的地标性建筑。新1号楼已经正式被命名为"自由塔",其高度为1 776英尺(约541米),为美国目前最高的建筑,寓意着美国《独立宣言》的签署年份,代表着在灾难的废墟中自由之光再次升起。

我想,恐怖和罪恶尽管可以逞凶于一时,但正义和善良是任何力量也不可能摧毁的。顽强的生命依然会从灾难的废墟中站立起来,向着美好的人生继续进发。人类,终究要放弃极端,结束仇恨和偏执而归于道义,归于良知,归于理性……

免费的航程

*

*

船绕群鸥对客观,嘈嘈切切欲何言?

航船多久鸥多久,同在蓝天碧水间。

　　美国是一个高度发达的资本主义国家,随处都有商业的精魂在游荡。而商人们都在精明算计,见钱眼开、唯利是图应该是他们的本色。然而,就是在纽约这个世界资本主义的心脏,却可以免费乘坐轮渡,尽情游览美丽的哈德逊河风光。

　　这免费的轮渡往返于曼哈顿岛与史丹顿岛之间,十数分钟便有一趟。史丹顿岛,是纽约市的五个行政区之一,人口47万,面积151平方公里。相对于纽约市其他四个区,史丹顿岛人口密度小,开发程度低,自然风光好,建筑物多是住宅,没有太多的人文景观。

　　确实,这里说商人的话有些尖刻,即便用在美国的商人身上也有失偏颇。"唯利是图"应该是商界的"普遍真理",不然,商品怎么产生,商人怎么赚钱,国家怎么税收啊? 免费的轮渡如同"免费的午餐"一样,偶尔遇上,也是自有其免费的道理。据说,这条航线的轮渡之所以免费,是因为纽约市的垃圾焚化场建在这里,作为补偿或者说为了安抚岛上居民的心,便把这条航线的轮渡费用归于公用事业经费,由纽约市政府全额支付。当然,这或许也有市政当局为方便在曼哈顿区工作的人移居史丹顿岛,以减轻曼哈顿岛人口压力方面的考虑。其实,史丹顿岛与曼哈顿区也就是一河之隔,登上轮渡,来回也就用一个小时的时间。

　　对于纽约市的居民来说,这条航线上免费轮渡的作用就是往来的方便。而对于远道而来单为旅游观光的外地人来说,它又是另一番价值 —— 如果随团旅游,是不是这"免费"也被那些同样唯利是图的旅游公司打包装入"套餐"卖了钱,也难以预料。但对于毫不知情的游客来说,或许也会照样被视作理所当然 —— 登上轮渡,看着开阔的河面、平静的河水和航行中轮渡犁出的波纹浪迹,是非常惬意的。这是一条水上观光的极佳水道,从南码头上船之后,整个曼哈顿岛就在身后和身旁了。一趟水路,能够从一个侧面,从整体上浏览曼哈顿岛,平视着林立的广厦、高楼,跌宕起伏、鳞次栉比,黛青的主色调散发着无边的奇异和神秘。当然,在这美轮美奂的背景前面,最令人瞩目的是那座伫立在碧水蓝天之间的巨型自由女神像。

　　这座坐落在哈德逊河中自由岛上的自由女神像落成于 1886 年 10 月,主题为"自由照耀世界",是由法国著名雕塑家巴特勒迪设计,法国人民募集资金做成,作为纪念美国独立 100 周年的厚礼赠送的,被誉为是美国的象征。自由女神像形象为罗马神话中的自由女神,穿着古希腊风格的服装,头戴象征世界七大洲及五大洋的七道尖芒的冠冕,右手高举象征自由的火炬,左手捧着一本封面刻有美国独立宣言签署日"1776 年 7 月 4 日"字样的法律典籍,脚下是打碎的手铐、脚镣和锁链的残迹,象征着被奴役的人们挣脱暴政和奴隶主的约束欺压而获得了自由。自由女神像面向东南,表示对从大西洋进入纽约港的船只表达亲切和致意。

美国独立之前,法国是帮助美国战胜英国军队获取独立的关键盟友,两国关系也因此十分密切。在美国独立 100 周年之际,法国送这么重的礼物,寓意又十分深远,却因为资金短缺问题在建造上历经磨难。根据协商,法国负责建造自由女神像,美国负责修建底座。整个过程中,两国政府方面虽然参与组织和进行工作协调,但都不能从国库拨款资助,所有资金都是双方从各自的民间机构或个人募集而来。这种做法用其他类型的文化思维往往是不可理解的。

自由女神像从地面到火炬顶端为 93 米,其中底座 27 米,铜像高度 46 米。铜像从脚跟到头顶 34 米,头部从下巴到头盖骨 5.26 米,眼睛横过 0.76 米,鼻子 1.48 米,右臂长度 12.8 米,手部 5 米,食指 2.44 米,第二个关节的圆周 1.07 米,铜像总质量 204.1 吨。这么巨大的雕像凝结了大量当时工业和建筑界顶级的材料、工艺和工程上的方法和技术,以及管理协调和筹资方面的先进实践,以致使其成为不仅仅是一个雕塑艺术品的概念所能够涵盖的奇迹。自由女神像内部设有博物馆和楼梯,游客进入参观了博物馆之后,可以乘电梯登上基座上到冠冕之处,在开阔的视野里欣赏纽约城市和大自然的无限风光。不过在这之前需要先乘船(这是需要付费的)到自由岛,然后走到基座处,买了票通过安检才能进入女神像的内部。来这里参观的人非常多,往往要排队约一小时才买到门票,再排队约一小时完成安检。如果要上到基座或冠冕上去参观,便需要提前几个月预约订票。当然,近距离参观就会"不识庐山真面目",因为在这个"庞然大物"里面只能见到局部,不可能看到全体。如果要拍照,那就更别想拍到一个完整的自由女神像了,反倒不如乘坐到史丹顿岛免费的往返轮渡,可以方便地多角度、多侧面完整地进行拍摄。

在这条宁静的水道上航行,轮渡的甲板、客舱装有排椅。乘客可以随意地或站或坐,能够从远近高低不同的角度领略水天之间的幻化推移,虚无缥缈的奇观异景,常令人生出对天地与人的联翩浮想。漫漶升腾的水汽,飘忽游荡的白云,低空盘绕的鸥鸟,高天翱翔的苍鹰,来往频繁的货轮,盘旋漫回的直升机,各有各的风姿,各有各的情趣。水天交接处的韦拉札诺海峡,一座大桥横过水面,长龙般飞架,远远望去,“龙脊”上的车流如萤般穿梭来往;而“龙身”下远远近近的商船、游艇则如鳌行,如鱼游,如螺蠕,如虾奋……

韦拉札诺海峡大桥是一座双层 12 车道的悬索桥,最长跨距为 1 290 米,两段连接着纽约市的史丹顿岛与素有小荷兰之称的布鲁克林区。1964 年完工时它是全世界最长的悬索桥,现在依旧是美国境内最大的悬索桥。这座桥的建成为纽约市高速公路系统提供了最后一个连接的环节,不仅沟通了布鲁克林区和史丹顿岛,而且可以从新泽西州直通长岛与肯尼迪机场,也减缓了曼哈顿公路的车流拥堵。

望着这可以载入世界桥梁史的跨海大桥,让我想起了落成贯通于 2007 年 6 月的我国杭州湾跨海大桥。2011 年应朋友之邀驾车去浙江,游过普陀山之后到上海,还专程驶上这座大桥。其时海气蒸蒸,海风习习,周身舒爽与壮阔的感觉是无与伦比的。在我所在的城市青岛,2011 年 6 月通车的胶州湾跨海大桥,全长 26.48 千米,远远超过了美国切萨皮克海峡大桥。当然,世界上最长的大桥还是在美国,路易斯安那州的庞卡特雷恩湖堤道,从湖的中央纵贯而过,全长 38.42 千米。

就这么在轮渡上眺望、浏览,由此桥想到了彼桥,由此地想到了彼地,也由此物想到了彼物。此刻,哲人的一句名言跳进了我的脑海:"我们的任务是过河,不解决桥或船的问题,过河就是一句空话。"这是毛泽东同志 1934 年在《关心群众生活,注意工作方法》一文中写下的。人类发展到今天,莫说过河,就是过海,除了桥和船,还有了海底隧道。我想,将来有一天,科学的发展能不能像铺设海底电缆那样,在大海深处搭建几条玻璃走廊,人们进入这样的走廊,一方面可以从此岸到达彼岸,另一方面可以看到水中的山石,海底的水族,欣赏着海洋世界的无限奇观啊?

如果可能,那人的目力所能及的就不仅仅是水天之间或天地之间了。

中央公园的悠闲

*

*

微风幽泾曲桥栏,绿柳垂荫客荡船。

人问园林何所是? 随心立地作圈圈。

　　来到纽约,本来人口稀疏的美国却忽然变得不堪拥挤,那弹丸之地的时代广场则更甚。在这样寸土寸金的大都市里,如果你到了曼哈顿区的中央公园,就会立刻感到天地的开阔,风光的旖旎,景色的繁复,氛围的悠闲……

　　纽约中央公园是随着城市的发展,人口的增多,人们对休闲活动的需求增加而建设的。纽约最早的居民是在曼哈顿岛南端居住的印第安人。1524 年意大利人弗拉赞诺来到河口地区;1609 年英国人哈得逊沿河上溯探险,便以他的名字命名了这条河流。1626 年荷兰人以价值大约 60 个荷兰盾的小物件(相当于 24 美元)从印第安人手中买下了这个 57.91 平方公里的曼哈顿岛用于商品贸易,称之为"新阿姆斯特丹"。1664 年，英国国王查理二世的弟弟约克公爵将其占领，改称纽约（即新约克），1686 年正式建市。美国独立战争期间，纽约是开国总统乔治·华盛顿的司令部所在地及就任总统的地方，纽约因此成了当时美国的首都。1825 年，伊利运河通航之后又兴建了铁路，沟通了与中西部的联系，促进了城市的加速发展。到 19 世纪中叶，纽约逐渐成为美国最大的港口城市和集金融、贸易、旅游与文化艺术于一体的国际大都会。同时，也带来了城市人口的急剧增加。

人在碌碌的繁忙之后是需要休闲的。要休闲就需要有一个能够敞开心扉、放纵情绪、排解忧烦、涤荡劳累的地方。纽约的决策者们当然也深知这一点。1851 年，纽约州议会通过《公园法》，于 1858 年在曼哈顿岛的中心位置开出一块当时近乎荒野的地方兴建公园。经过十几年的建设，公园于 1873 年建成，成为大都市人的一个休闲之地。这个透着浓郁维多利亚风格的公园大得出奇，纵向从 59 街到 101 街，横向从第 5 大道到中央公园西部路，总面积为 340 万平方米。里面碧绿的草坪、葱郁的树木和小森林、溜冰场、旋转木马、露天剧场、动物园，可以泛舟水面的湖泊、网球场、运动场、美术馆等等。公园里还有一个泪滴状的草莓园，里面栽植了从世界各地引种的各种花卉。这是为了纪念在这里遇刺身亡的著名英国歌手和词作者约翰·列侬，由他的遗孀小野洋子出资修建的。整个中心公园里步行道总长度达 93 公里，供游人休憩的长椅有 9 000 多张。整个公园浓荫冠盖，坪草如茵，繁花如织，池水如镜，鸟声如笛，人流如鲫。每年，进入公园游览的游客达到 2 500 万之多，夏天旺季，每天约有 30 万人，最萧条的冬季也有 3 万人。

公园的设施和服务项目是完全服从和服务于人们休闲的，入园免费，并提供游览图和季节活动日历。公园一年四季开放，游人可以随便进去健身、野餐、举行各种运动比赛。可以看各种动物表演，可以在位于毕士达喷泉间的湖泊中划船,可以在绵羊草原看牧。当然,观看戏剧表演更是人们乐此不疲的事。戴拉寇特剧院是常驻公园的公共剧院,只有夏天开放。每年 6 至 9 月,是公园的莎士比亚戏剧节,这期间,剧院每天下午 6 : 15 开始发免费门票,7 : 15 入场,8 : 00 开始演出,每场时间约 1 小时 30 分钟。

悠闲往往是与艺术相链接的。悠闲可以孕育艺术,艺术又可以放松和启迪人们的心灵。曼哈顿的城市规划设计者们也许意识到了这一点。与公园一路之隔的,就是占地 8 公顷、藏品 36.5 万件的纽约大都会博物馆。大都会博物馆闻名世界,始建于 1870 年,后又多次扩建,其展品呈现了五千年的人类文明。埃及木乃伊、安纳利亚象牙制品、荷兰油画、法国雕塑、英国银器、希腊彩瓶、伊朗铜器、日本盔甲、叙利亚玻璃、美国现代派绘画等等都陈列其中,连 2 460 年前的一座埃及古墓也完整地移置在馆内大厅的巨型玻璃罩中。中国是世界上最伟大的文明古国,大都会博物馆的收藏自然少不了珍贵的中国古代物品,青铜器、瓷器、家具、绘画等不计其数,有的则是弥足珍贵而难得一见的传世孤品。博物馆还陈列了一座苏州园林,1981 年 9 月由我国工匠建成,园中亭台楼阁,鱼池水榭,飞檐斗拱,雕梁画栋栩栩如生。室内布置典雅古朴,桌椅几凳、字画文品等等完全实物陈列,可以观赏,也可以试用,游人进入园林,似乎真就是进入了中国。

在大都会博物馆参观之后,我们进入了中央公园,耳畔立刻就清退了都市的喧嚣,进入一个幽静的世界。举目环视,满眼里都是油油的绿树,漫漫的碧草和熙熙攘攘的游人。通行的主路是平坦宽敞的,也连接着通往幽静的石阶小径。接近入口的岔路两旁,有许多摆着售卖各种绘画和艺术品的地摊,有些画作已经装上了框子;有的平放,有的竖摆,任由喜爱者选择购买。作品大都画工精细,技法娴熟,看得出画家功力深厚。摊主大都是四五十岁的年纪,正是人生如日中天的时节。他们当中有外国人,也有中国人,有的是一个人,有的是两个人,也有的还带领着一两个孩子,看来都是实实在在以画谋生的家庭。画的品种有油画、粉画、水彩画、中国画等等,尺幅一般都不是很大,用中国画的尺寸标准,也就是一两平尺,三平尺就算大的,四平尺的就很少了。价格也不贵,一般也就是几十美元一张,大都不超过一百美元。我站下来欣赏了一会儿,认真观察了一下行人,基本上是看的多,问的少,买的则更少。看来艺术品总不如生活日用品的消费者那么多。但不知是法律禁止还是其他别的原因,在公园摆摊的除了卖艺术品和零散的冷饮之外,其他小商品并没见到。

主路上除了摩肩接踵的行人,还有坐满游人的电瓶车、疾驰如飞的自行车。最引人注目的是那些装饰华丽、精美典雅的马车。这种马车不像是我国农村当年使用的那种用于载货的马车,也不像古代那种封闭严密的轿式马车,而是四轮大大,梁架高高,坐垫昂扬,顶棚敞开,两匹马并行拉着的西式载人马车。马车的驭手坐在车前高高的座位上,双手抖着缰绳,驱使着肥硕的马匹或前行或折转,还不时地让马缓缓跑动,兜一圈满园的和风。坐在后面座位上的客人有的注视前方,有的左顾右盼,有的面无表情,有的嘻嘻哈哈,有的表现出一种高高在上,旁若无人的高傲,似乎自己坐在华丽的马车上就真正成了贵族。与拉车的辕马同时并存的还有来来往往的乘马,游客租上一匹,骑马游园,也是别有一番情趣。

道路两旁更多的是开阔的草坪。草坪上五颜六色,花枝招展的有休闲的男女,有撑开的阳伞,有铺展的垫布,有横七竖八的童车……人们一簇一簇,或是一家,或是好友。有的在奔跑追逐,有的在坐着闲聊,有的仰躺着似在欣赏游荡的白云。有的时而偃卧,时而侧转,时而背向天空,沐浴着日光,皮肤泛着红亮。一对年轻夫妇与三个瓷娃娃似的孩子在忘情地踢着足球。天真烂漫的孩子跌倒了又爬起再投入激烈的"角逐",憨态可掬的样子常常惹得看客哄然大笑。高大的树荫下,排椅上坐着拉小提琴的少年,全神贯注,猿臂轻舒,悦耳的琴声悠扬远播,弥漫在满园的欢声笑语之中。那边,一群肤色各异的艺人在纵情地演唱,充满活力的青春少女随着响亮的鼓点翩翩起舞……

浩大的湖面升腾着氤氲之气,湖水湛蓝湛蓝的,天空的白云似乎沉入了水底,与几朵开放着的睡莲一起勾勒出秀美灵动的图画。黑鸭和白鸥在水面悠闲地游荡,灰鹤则沿着水边迈开阔步,缩颈伸喙寻觅着要吃的鱼虾。水岸交接处是青葱的蒲苇,再往上就是茂密的树林。林中的鸟雀飞来飞去,啼叫鸣啭,树下毛茸茸的小动物探头探脑,不知是看上了水中的野鸭还是岸上的游人。游船此刻悄然停摆,静静地泊在那里,也不知道什么时候会打开锁链接待游人。眼下是一片平坦的开阔地,给游人留下了观看湖光的便利,摆置错落的排椅静静地任由人们就坐歇息。目光交汇处,两个艺人在做巨型肥皂泡。他们手里拿着两根杆子,中间连着一根细细的绳子,每人眼前一只盛满肥皂水的大桶。当他们用杆子把绳子的两端并拢,浸到肥皂水里,然后缓缓地提起来再张开,一个映着日光的七彩大泡泡跃然空中,随微风飘舞。如此反复多次,空中的泡泡就连成了一片。这是艺术? 或是技能? 或是兼而有之吧。不能不提的是他们眼前的另一个道具,就是那个敞开的盒子,里面零零散散地装着几张小面额纸币。小孙女围着神情专注的艺人左看右看,然后跑到他爸爸身边要了些零钱,轻轻地放进了那个盒子里,赢得了两个艺人感激的目光。

湖边的道路上毕竟没有草坪上的人那么多,一边是茂密的丛林,一边是娇艳的花木,一直通向公园的出口。抬眼望去,远处天空中挤满了风格各异的摩天大楼。嬉戏的水鸟在宁静的湖面上不时弄出响声,"喳喳、嘎嘎"的鸣叫似乎在向远去的客人道别。

再见了中央公园,再见了园里欢畅而自由的生灵……

在美国吃中餐

*

*

吃饭从来天下事，多为可口费心机。

商家欲赚千方客，下处别国卖美食。

住在美国，一日三餐自然是把从当地超市买回来的菜米油盐由夫人按照自家的传统烹饪方法做成美味佳肴，全家人围坐一桌，热热闹闹，吃饱喝足了，便各人忙各人的事去了。这除了食物原料的产地和质量有所区别之外，其他与在国内并没有多少区别。我这里要说的"吃中餐"，是指在国内通常的老旧说法："下馆子"。就是到美国的中餐馆吃饭。

美国有得是中餐馆。有关资料显示，美国的中餐馆已经超过5万家，是日本餐、韩国餐、泰国餐、越南餐、印度餐等等各国、各类餐馆总数的2倍，每年的营业总额达到200多亿美元，有93%的美国成年人吃过中餐。洛杉矶、纽约、旧金山是中餐馆最密集的三大城市,洛杉矶有 6 000 家,纽约 5 000 家,旧金山有 4 300 家。2008 年北京奥运会期间发布的调查报告《世界眼中的中国》介绍,世界上最能代表中国的事物中,除长城和功夫之外便是中餐。有个说法是"有太阳升起的地方就有中餐",也有说法是华人用中餐养活了自己,也用中餐养活了美国人。这些数字听起来密密麻麻,看起来眼花缭乱,说法也稀奇古怪,有些也明显在故弄玄虚借以唬人。其实走在美国城市的街区,中餐馆也并没见有那么密密麻麻,随便什么地方都有。要找个中餐馆吃饭,依然需要向当地人打听打听,问明白了才能或近或远地赶过去。

　　我在美国吃中餐不是太多,印象比较深的只有两次。一次是在马里兰州的巴尔的摩,儿子大学时期的同学兼室友张勇就住在那里。我们一家到美国东部游览也顺便到了他那里。在达巴尔的摩,我们刚到预定的宾馆里住下,张勇就来接了到一家中餐馆吃饭。他的家人——他父亲、母亲、妻子(也是儿子的大学同学)、女儿,还有他妻子怀着的即将出生的宝宝——早已经等在那里了。见我们到来,他们一家人赶紧热情地让座、端水、递餐具,还把早已经为我们盛满了大虾的盘子移过来,说这里的油炸大虾爱吃的人最多,来晚了就没有了,所以就事前盛了出来。其他的,让我们喜欢吃什么自己去选。

　　这是一家规模比较大的自助餐馆,安装在自助台上的一个个盛满饭菜的玻璃罩子下面,是一个个不锈钢托盘,托盘里放着各种各样的菜点和取菜点用的刀、叉、勺、铲等等。菜点尽管种类繁多,但比较富有中国风味和特色的也并没有多少,有的只是看起来像是漫不经心做出来的几样炒菜,几种油炸海味,剁碎的猪脚,带骨的鸡翅,切开的螃蟹、蒸煮的茄子等等。更多的是那些中不中西不西的大众化牛肉、猪肉、鸡块、鱼块、生辣椒、生萝卜、生西红柿、生菜叶子之类。我随意在一拉溜的玻璃罩子里面挑选了几样看起来能够适口的肉、菜装上盘子,便到餐桌旁坐下来边吃边与儿子同学的父母聊天。

他们的家乡是济南章丘,我们的山东老乡。夫妇二人为了来迎接即将出生的孙儿,也是刚到美国不久。老两口自豪之情溢于言表,夸儿子,夸孙女,更多的是夸他们的那胶东的儿媳妇。说她如何如何贤惠,如何如何勤奋,如何如何聪明,如何如何会为人处事等等。他的儿媳妇老家是胶东半岛那个尖角处所谓"天尽头"的荣成,我便重复了原来同北京人闲聊时演化宋玉《登徒子好色赋》里的话——天下之佳人莫若楚国,楚国之丽者莫若臣里,臣里之美者莫若臣东家之子——说"中国的媳妇数山东的好,山东的媳妇数胶东的好。毛泽东祖孙三代的媳妇都是山东人,他的两个儿媳妇的老家都是胶东"的话,大家听了都哄然大笑起来。这顿饭与其说是吃了一次中餐,倒不如说是享受了一次在异国的浓浓乡情。

第二次到中餐馆吃饭是在纽约。那天我们从中央公园大门出来,没走多远就见到一家已经燃亮招牌灯的"五粮液"餐馆。儿子高兴地近乎惊呼道:"我正找着呢,不想就在这里了。"看来到这个饭馆吃饭是早已经安排在他对父母的孝心之中了。这家餐馆尽管不大,却也称得起是美国中餐馆的老牌名品。进到屋里,那种久违了的暗红色装修格调令人顿生故国之思。雅间的格子窗,屏风的祥云纹,古朴的摆设陈列,端庄的餐桌木椅,无一不是古色古香,都极力渲染着中国气派。眼前洁白的桌布,绒软的椅套,筷子、羹匙与精致的杯碟碗壶令人不禁想起了李白那"金樽清酒斗十千,玉盘珍馐直万钱"的诗句来。我们点了一个鲁菜系里必有的糖醋鲤鱼,一个红烧茄子,一个卤汁牛肉,一个清炒油菜,数量不多,也就点到为止。儿子说在美国这种精致正宗的中餐馆只有大城市能找到,一般地方因为没有足够的顾客,是没有哪个傻瓜老板会去经营的。他问我要不要酒,我说不要,满屋子没见有人喝酒,咱们也不喝。

　　"五粮液"中餐馆一进门右手边的吧台立着的酒柜里,茅台、五粮液、剑南春等等的中国名酒,人头马、XO、威士忌、朗姆等等的外国名酒都有,却没见到有人去买。在这里档次高是高了,也仍旧没有在国内餐馆吃饭的那种氛围,所以也别以为进了中餐馆吃饭就是到了中国。国内在饭店订餐吃饭,大致都以喝酒为主,一道道的鸡鸭鱼肉美味佳馔都归结到酒上,统统称之为"酒肴",面点是喝完了酒之后的"结束语"或"闭幕词",吃了面点才叫"散席"。虽然,请人喝酒往往称为"请吃饭",实际上请吃饭和请喝酒基本上表达的是一个意思。在美国的中餐馆,却就不是这么回事儿了。因为"五粮液"是国内的名酒牌子,我便以为是那个酿酒集团在纽约开的分号。一问,全没有一点瓜葛,不过重名而已。不知远隔重洋,会不会也有商标权之争。

　　在美国,无论是高档、中档还是抵挡,中餐馆的中国元素还是非常明显的。先是门头字号都有汉字,同时也标注英文,名副其实的"双语"标识。康科迪亚市那个中餐馆门头就写了大大的"龙阁"两个字。纽约一家餐馆在门头上用最具有中国特色的一双筷子和一个老式火锅的图形组成了一个浮雕标识,庄重典雅,别出心裁。中国餐馆里面当门处大部分都供奉财神,一张供桌放上一个神龛,神龛里头或是瓷质或是木雕的文财神或武财神,都那么道貌岸然,神采奕奕。神龛的前面常放着水果、点心等祭品,香炉里香烟缭绕,香灰往往漫出香炉落到了供桌上。再往里一般都或贴着或挂着"福"字,有的还有意把字倒着,寓意着"福到"。有的也贴几张年画,挂几个中国结。档次比较高的如纽约的"五粮液"餐馆,除了这些元素之外,壁上还挂了大幅的中国山水画和书法作品,内门楣的上眼处还雕刻着腾飞的神龙。厨师和服务人员大都懂汉语,有许多本来就是华人,有的还是利用假期和课余时间到餐馆打工的中国留学生。在国外住久了,平常见到的基本都是外国人,听到的基本都是外国语,偶尔进次中餐馆,不用说吃什么,就是坐坐,也有一些回到故乡的感觉。

就像美国的肯德基、麦当劳在中国,制作加工尽量向中国食客的口味靠拢一样,美国的中餐馆在烹饪、调料、配色、状形等等方面不仅尽量保持中国特色,也十分注意美国人的饮食习惯。顾客进门刚坐下,一大杯加了冰块的凉水带着吸管就放在了面前,如果不习惯喝,只有特别告诉服务人员才能换上热开水。不像中国的饭店,客人坐下来服务员便问:"喝什么茶? 红茶还是白茶? 铁观音还是崂山绿? 要不,来一杯菊花茶? ",甜丝丝的嗓音也似乎带着袅袅茶香。紧跟冰水上来的就是点菜的菜谱本子,样子倒与国内饭店里的差不多,也是印了图案、价格,任客人选择。食品的种类既适合华人也适合美国人风味的居多,纯粹中国风味的麻辣、爆炒、油泼、清蒸、醋熘、酱卤之类基本没有,想吃的客人真要点,端上来的往往色香味形都不那么地道,甚至完全不是那么回事。要吃到带有正宗中国几大菜系特色的,只有到大城市里的顶尖级中餐馆了。还有最不具中国特色的方面就是给服务人员付小费。这是美国的西餐馆都普遍存在的,中餐馆一样也不例外。小费的数量大约要到餐费的 10 ~ 20%。早餐少一些,午餐和晚餐多一些。小费随客人的心情和对服务好赖的评价而浮动,是餐馆服务人员的主要收入来源。习惯了国内饭店就餐惯例的人往往觉得不可思议,但仔细想想这倒是促进餐馆服务人员工作质量提高的极好办法。服务人员对客人虽然都是一样"人一走茶就凉",但为了多得小费,周到、快捷、笑脸和甜言蜜语等等的就都有了,甚至增加一点账单外的食料都有可能。不然,那些莫名其妙的情绪、邋邋遢遢的作派,也就莫名其妙地撒到客人身上,客人也只好就莫名其妙地悻悻然了。

说美国的中餐馆就不能不提一下美国的中国店。"店"在汉字里有"酒店、饭店、商店、肉店"等等的意思,笼统地说"中国店"往往会让人不知所云,而在美国却成了一个专用词。一提到中国店,就都知道是专门卖中国特色商品的店。

在堪萨斯城,有一个字号为"888"的中国店,在密苏里和堪萨斯两个州的华人中是很有名的。一说买中国货,首先就想到了"三八店"。中国店主要是按照华人的饮食习惯经营食品和调味品,当然也有那些中西都适用的大路货,这也可以说是具有"普世价值"吧,如水果、蔬菜、大米、面粉、生熟肉类、肉制品等等。而只有华人需要的特色食品多数是外国人所不买的。如酱油、面酱、米醋、料酒、生姜、五香粉、豆腐乳、猪蹄、猪耳朵、整条的鱼等等不仅只有华人买,而且在一般的超市也买不到。除了中国特色的食品之外,中国店还销售具有中国民俗元素的商品,对联啦、年画啦、布老虎、瓷娃娃之类的工艺品啦,凡是能够吊起华人胃口,引起华人思乡之情的东西在中国店大都可以买得到,但在价格上却千万不要与国内相类比。要比,那一定会觉得贵到"天价"了。

在中餐馆吃中餐,最主要是吃那个名。坐在名为中餐馆里吃饭,意识上就有了中国味道,而实际上吃进去更多的只是那些"普世"的东西。这些东西在美国的普通餐馆也能够吃得到。在美国,为了让我领略这个异国风味,儿子经常陪同我到那种美国特色极浓厚的饭店吃饭,还特意点一些在美国叫座又叫价的花样食品。有一次到一家墨西哥人开的餐馆,点了一份比萨,圆圆的一个盘子端上来,红、绿、蓝、白、紫五色杂陈,奶唧唧,黏糊糊让人一见了就没有胃口。吃一口,说不出是酸是咸是甜,咽起来则需要几皱眉头,总觉得不是那么顺溜。一直到后来好长时间,一想到那个比萨,嘴里还会条件反射似的泛起酸水。有时候儿子问我:"爸,美国的饭你感觉怎么样?"我说:"美国的饭菜我能咽下去就算是好的了。"但是尽管如此,我们有机会还是专找极具美国特色的店去吃极具美国特色的饭菜吃。因为儿子知道我的一个观点,就是到一个地方就吃吃那里的特色饭菜,喝喝那里的特色酒水,不管适不适口也得"尝尝"。吃过知滋味,买过知价钱嘛。吃过了,也不枉美国一行。

　　好在,我吃不完的,儿子就都拿着吃了,吃得一点不剩。多少年在外漂泊,他依然带着在家里养成的习惯,吃饭碗里不剩一粒米,不留一滴汤。

　　这是规矩,是家风,也是一种德行。

幽暗的街灯

*

*

暗夜无灯盼有灯,有灯岂可复超明。

天生万象即称物,过度归于不适应。

　　夜晚,走在美国城市的街道上,幽暗的路灯光就像农历初八、九的月亮冷辉,幽幽地映照着轻松的脚步。高大的树木,枝叶在微风的作用下轻柔婆娑,筛下的斑斑点点衬着人影时短时长。偶尔,栖息在树杈上过夜的大鸟似乎在梦里拍打了几下翅膀,惊得地上的斑点和影子也随着抖动起来。

　　幽暗的街灯,静谧的夜晚,这才让人真正感觉到世界已经睡去。我曾经在儿子开的车子上从美国的东海岸到西海岸之间几千公里的旅途上行进,一路上穿越了大大小小无数的城镇乡村,一个个地方的街灯都是那样温软,夜色都是那样朦胧。沿路偶尔射过来几束微弱的光,是来来往往车辆的匆匆驶过。

　　我曾经仔细关注过那里城市的街灯,高高的灯杆顶上挂出一个垂着的灯盏;有的街道可能是因为不宽,行人也比较稀少,路旁的灯也就比较矮,就是一个敦敦实实的灯杆子上架着一个或方或圆的灯。安装的有灯泡也有灯管,形状虽然各有不同,光线却都是幽幽的没有一丝刺眼的感觉。这样的灯当然只是比较普通的,一些地方附带着装饰功能的灯自然有其特殊形态,但光线却也并不是特别地亮。

　　中国曾经有过"囊萤映雪""凿壁偷光"等等立志读书成才的故事。到了近代,随着电的引入,城市有了路灯,就又出现在路灯下读书的贫寒子弟。儿子在读大学的时候也经常晚上依在校园的路灯下看书学习。这倒不是因为没有钱交不起电费,而是遵守了学校教室和宿舍熄灯的作息时间。要在这个作息时间之外多学一点什么,就只好求助于路灯了。看来,如果在这里的路灯下读书,光线是明显不足的。这些年,我到过国内的许多城市,很少见到像这样光线"不足"的街灯。就美国的富有和最大限度使用物力的社会观念看,其目的似乎也不是仅仅为了减少用电,省下一点公共管理费那么简单,更重要的大约还是从科学设置照明来考虑的。

　　许多年来,人们开始讲生态平衡了。这已经不仅仅是一国或一地一域而是整个世界,整个人类都在讲究的事情。生态平衡就是尊重自然,按自然规律去做。那么,白天是白天,黑夜是黑夜当然也是自然规律,就应该也讲究一下平衡。城市街灯的光线设置应该合乎自然法则的,这对人的健康和其他生物的正常生长都有益。反之,就可能对人类和自然界带来许多害处。有关资料介绍,光在生活中是不可缺少的,但过强、过滥、变化过多就会对人体造成伤害。其中,强光或彩光环境会影响人的睡眠,导致内分泌失调,免疫功能降低,会让人变得抑郁,并且会导致近视和白内障的高发,甚至影响激素分泌,使儿童性早熟等等。也因此屡屡引起人们的强烈反感。

　　据《河南日报》报道：郑州市金水路经五路口附近的市民向政府投诉，说路灯、霓虹灯、景观灯太亮，形成"光污染"，影响睡眠和正常生活。对此，郑州大学附属医院的秦大夫从科学的角度分析说，"光污染"不仅影响人们日常生活和休息，而且对眼睛、皮肤以及身体器官也会产生不良影响。福建《泉州晚报》报道，南安金淘镇朵桥村道路两边的水稻严重减产，经专家现场查看，确认是因为路灯照射引起的。专家认为，水稻对温光反应较为敏感，在超长光照条件下，它的正常生长就会受到影响，甚至会不抽穗，这就如人需要休息是一样的。据报道，2011 年 2 月，厦门海沧东孚洪塘村赤土社路边地里的草莓枝叶茂密却很少结果，相同状况的还有毛豆、木薯等作物。其中木薯减产最为明显，原本一般年景应有400～500 公斤的产量却只收了一小袋。经厦门市农业技术推广中心的专家分析，也是因为路灯长时间照射造成的。

　　几年前我读过《人民日报》原总编辑、全国人大常委、人大教科文卫委原副主任范敬宜先生《要听懂草木的叹息》的文章 2006 年，他对此在文中说得更明白，不妨照录几段：

　　7 月 12 日，北京一家报纸在并不显著的位置刊登了一条短讯，"天安门地区更新 163 棵油松"。

　　短讯说："近年来，由于广场行道树油松生长立地条件不良，造成油松逐渐衰弱并死亡的现象"。为此，决定从 11 日晚开始采取更新改造措施，包括去除松树之间的花岗岩铺装，更换土壤，拓宽树池以扩大营造透气面积等等。

　　读着这条新闻，我心头猛然一震。倒不是因为惋惜，而是因为立刻想起一个星期之前，韩国朋友成范永先生向我说的一番话……

　　成范永是一位被誉为"盆栽艺术家""盆栽哲学家"的特异人物……最近他

来到中国,回国前一天,突然打电话给我,说想要见面谈一个"重要问题"。

我如约赶到他的住处,没想到他想谈的"重要问题"竟是"天安门地区松树的健康问题"。

他焦灼地告诉我,他一到北京,就发现天安门广场周围的松树"气色很不好",感到十分不安。当天晚上,他特意跑到松树周围,徘徊观察了几个小时,断定它们是得了"重病"。"因为树木和人一样,是有生命的,健康的树木是会'笑'的。而在这里,我听到了松树在'叹息',在'呼号',在'哭泣',必须马上抢救,否则就会死亡。"他说。

我说:"我经常经过这里,怎么听不见?"

他严肃地说:"那是因为它们不是你的孩子。每一个细心的父母都能听懂他们婴儿的哭声——是饿了、病了,还是冷了、热了……"

我问成范永:"照你看来,这松树究竟得的是什么病?"他说:"病因可能很多,但照我看来,缠绕在它们身上的那么多彩灯,是致病的一个重要原因。"

他看我有点不解,便像一个医生似地滔滔不绝地讲解起来:

"松树像人一样,是要睡觉的。人睡觉需要熄灯,需要安宁,如果整夜都被灯光照着,非得失眠症不可。松树也是这样,白天累了,晚上长期被灯光照着无法安眠,怎能不造成代谢功能的紊乱?"

"灯泡是发热的,哪怕是低度的灯泡也散发一定的热度,如果一年四季几十个灯泡烤着你,你能受得了吗?"

"再说,松树也是需要自由的。自由才能健康成长。现在那么多的电线缠着它的躯干,那么重的灯泡压着它的枝丫,好像人被戴上了镣铐,绑住了手脚,能活得好吗?"

他最后的结论是:"你们是好心,不过只考虑了美观,没有考虑更重要的是给树木一个合适的生长环境！"

"你们需要能听懂草木的叹息、呼叫和哭声！"

油松是珍贵的,天安门广场的油松更珍贵。但却按报上说的是因"生长立地条件不良"而"逐渐衰弱并死亡"。这个结论肯定是出自油松的管理部门。韩国专家成范永却说"缠绕在它们身上的那么多彩灯,是致病的一个重要原因。"而其他地方比油松更"低贱"的花草树木不知有多少在管理部门那些"悖论"的管理下,在耀眼的夜灯下"死于非命"的。

美国在确定街灯亮度的时候大约不仅考虑到了人的实用和舒适,也许还因为能够"听懂草木的叹息、呼叫和哭声"而做了更适宜的设计。也许也正因为这样,他们城街所有地方的花草树木都长得那样旺盛,那样生机勃勃。

看来,科学的思维和关照应该在任何方面都是不可或缺的。

中国大妈的尴尬

*

*

溢彩流光秀大妈,挟风裹雨演芳华。

秋林舞作春峦色,旋展夕辉伴晓霞。

　　古往今来,大凡一个人或一个群体乃至一个地方,名声的叫响是有许多原因的。综合起来,无非就是三种情况。一是循序渐进的,年复一年,代复一代,就那么一件事一件事地做,一样特产一样特产地出,逐渐知道的人多了,传播的广了,名声就大了,就叫响了。二是出于一个突发事件,造成了一时的轰动而成名以致经久不息。而过去士子的所谓"十年窗下无人问,一举成名天下知",则可以归之为第三种,也可以说是前两种类型的综合体。"中国大妈"这个牌子响彻世界,则完全属于第二种情况。

　　2013 年 4 月 15 日黑色星期一,美国华尔街的黄金价格大跌 20%。一批中国富婆冲进就近的店铺抢购黄金及其制品，不管华尔街卖出多少，富婆照单全收。300吨黄金瞬间被抢购一空，1 000亿人民币进入"黄金大鳄"的账户。世界舆论为之大哗，媒体连篇累牍地呐喊："中国大妈打败了华尔街！"——"中国大妈"的这次"狂欢"据说因后来金价一跌再跌而吃了大亏。是不是中了华尔街早已设好的圈套也未可知——"中国大妈"的名声从此响彻全球。最初，"中国大妈"的基本概念是腰缠万贯的"一群富婆"，后来逐渐扩大为中老年妇女这样一个大的群体。所以，到一些旅居纽约的中老年妇女跳广场舞时，就被媒体直接报道为"中国大妈"了。

也就是这一年，一群旅居美国的中国大妈在纽约的布鲁克林日落公园排练腰鼓和舞蹈，被少见多怪的"美国佬"报之以扰民。闻讯赶来的纽约警察不问青红皂白，便将领队的王女士铐了，并开出了传票，罪名是"在公园内制造噪音"，让她8月6日出庭受审。据中新网8月9日援引美国《侨报》报道：华人舞蹈队领队王女士，因练舞时噪音扰民，法官念其初犯而做出消案处理，但也被警告说若第二次再收到同类罚单，必将追究其责任并做出处罚。这事件又一次轰动华人世界，"中国大妈"的牌子也响了。其实，跳舞本来是个健身娱乐的欢快之事，被美国那些警察、法官一闹腾，便立刻令那位王大妈和她的舞蹈队陷入尴尬，一个个就像吞了苍蝇，吐不出，咽不下，闹心得很。

当然，"中国大妈"的广场舞在国内因为扰民而与周围居民发生争执甚至冲突的事也屡见报端，不过中国的法律没有干预得这么细致，这么具体，所以便长期以来见怪不怪，禁而不止。而在纽约恰恰遇上了那些特别较真的警察、法官，也就不可避免地"在劫难逃"了。实在话，噪音扰民确实也是有违社会公德的事，美国法律干预了，让"中国大妈"陷于尴尬；中国法律没有干预，却让被扰之民陷于无奈。中国有句古话叫"入乡随俗，过境问禁"，是再现实不过了。如果中国大妈在中国随中国的"俗",到美国问美国的"禁",不就什么事也没有了吗？

中国大妈的广场舞有表演的功能,也有健身的功能,最主要的是健身的功能。广场舞的种类有舞类、操类、秧歌类、功夫类等等,现在统称为广场舞。在我国的城市乡村,不仅大妈在跳,大嫂、大姐、大爷、大哥也加入进来,形成了声势浩大的队伍。当然,其中最火的还是大妈。中国大妈的广场舞舞起来是随时随地的,只要看到宽敞的地方,雅兴就来了,似乎是脚痒得不行。不仅在广场、公园跳,也在街头、路旁、住宅区跳,甚至在火车上一群素不相识的人也会拉起队伍跳起来。2014 年 4 月,又有人在网上晒出了中国大妈在卢浮宫广场跳舞的照片,戏谑为"中国大妈征服了世界。"

广场舞是随着我国全面开展全民健身活动逐步发展和普及开来的。全民健身活动多种多样,类型繁多。城市多数社区和乡村居民点都开发了活动场地并安装了不同种类的健身器材,为人们的晨练、晚练提供了优越的场所,成为人民生活富裕、社会进步的一个重要标志。当然,最火、最普及、最集中的还是以大妈为主的广场舞。美国卫生与公众服务部也联合发布了健身指南,鼓励民众增加日常锻炼,促进身体健康,其中包括向不同年龄段的人推荐运动项目,如强化肌肉的锻炼项目;有助于老年人保持和提高平衡能力的锻炼项目;儿童和青少年有氧运动的锻炼项目等等。

为了适应民众进行这些锻炼项目活动,美国城乡各地社区都建有大量的健身活动场所,设有各种各样的适合各类人群锻炼的设施和器械。我所居住的康科迪亚市是一个克劳德郡的郡行政机钩所在地,城市规模和人口密度都不大,供人们活动的公园就有 5 个。最大的中心公园分别设有篮球场、排球场（包括沙排）、足球场、网球场、棒球场、橄榄球场、滑轮场、游泳池等。中心公园的旁边不远处有大型综合体育场和高尔夫球场。

中心公园的儿童活动场地和设施是康科迪亚市所有公园最健全、最豪华的。这个地方原来就已经有了滑梯、秋千、杠杆、跷跷板和多种攀爬杆架等许多种类，2014年春天又挨着原有的设施开始了新的建设。建筑工人每天开着车从四面八方赶到工地，在工地的餐车旁边吃完了饭就进入各自的岗位。那些建筑活大都是照图纸安装就行，木工在开阔地按照图纸、尺寸下了料，定了型，由机械运到施工点，安装工就爬上爬下拼接安装。从早晨到傍晚，就那么有条不紊地工作着，下工之后又各自开着车离开。除了随身携带的个人工具，其他机械、物料等等都那么露天堆放着，第二天再接着再干。

这个工程的另一种工作就是砌砖和安装石材。石材都是事先加工成型的，有的上面刻了字。砖也有些是刻上字烧制出来的。这些刻着的字都是一些人名或企业名，据说是因为当地的财政预算投入不足，发动市民献爱心捐助了一部分，捐款人的名字就刻在石头或砖上。儿子也参与了这次捐款活动，我们全家也因而在此留名。就这样忙忙碌碌干了一个多月，一个建有小木屋、拖拉机、飞机和火车轮船等造型的各种滑梯、旋转轮、圆盘秋千、座椅秋千、独木桥以及音乐击打台等等，五颜六色恰似如梦如幻的童话世界。为了防止孩子跌倒受伤，场地的地面还铺上了厚厚的胶皮屑。这个新的活动场地每天都有很多人带着孩子来玩，人最多的时候是傍晚，大人下了班，孩子们放了学，就齐乎啦地涌来，疯玩疯跑，好不热闹。

这样的公园，这样的儿童活动场地，各种各样的健身设施，在美国每一个居民区都比较齐全。专供人们健身和休闲活动的广场、绿地、河边、海滩、人工池塘等随处可见。我在洛杉矶小住期间，每天都同我的朋友孟广春老弟到附近专用于散步和骑自行车的道路上快走，身边同行的人很多，慢跑的人也很多，自行车则箭一样匆匆来去，而这样的道路各种机动车辆是禁止入内的。其实，美国家庭的健身设备也是很多的。放在室内的器材自不必说,随处可见的还有门前屋旁立着的篮球架,横着的平衡木、蹦蹦床,以及秋千、滑梯之类。我屋西边的邻居家里已经有好几辆汽车,车库里还放着一辆联体自行车。每到星期天,便或一人或几人骑着远游,也是别有一番情趣。

健身活动在中美两国民间分别以不同的方式进行着,各有各的喜爱,各有各的玩法。中国拥有五千年的文明历史,载歌载舞有着悠久的传统。全民健身伴随着歌舞升平,寓健于乐,寓教于乐。中国大妈闲于家中,无忧无虑,日子过得滋润,一有机会就自寻乐趣,不由自主地唱起来,舞起来,舞得投入,玩得动情,舒畅快乐,不尽兴便不罢休,也算是难能可贵。当她们来到纽约的布鲁克林日落公园,看到开阔的场地,幽雅的环境,忍不住技痒心动,娱乐一番也情有可原。可她们偏偏就遇上往死里计较的美国人,免不了也就被带上铐子,吃了一场官司。

平心而论,中国大妈的广场舞除了健身的功能之外,还是包含着许多艺术元素的,有许多是在传统艺术上的创新,甚至也把国外的霹雳舞、钢管舞等等的一些动作也揉杂了进去,具有浓厚的时代特征,丰富的流行趣味。广场舞舞起来风风火火,热热闹闹,撇下声音大了扰民之弊不提,还是很有一些看头的。或许是应了中国那句"不打不相识"的老话,就在这年冬天,纽约警方要举行"全美打击犯罪之夜"活动,便想起了被他们铐过的中国大妈。于是又谦恭敬慕地请大妈为他们的活动表演节目。因此,大妈舞蹈队便被请到了公园的娱乐中心里面进行排练,也不用担心噪声扰民,更不用担心被铐了。活动仪式上,大妈们的精彩表演受到居民的热情赞扬和警方的充分肯定。

干戈化为玉帛,尴尬变成和谐。中国传统艺术得到弘扬,"扰民"的大妈成了中美文化交流的民间使者。

政客惹出的话题

*

*

政客绝非政治家，类归不过弄舌鸦。

跟风附势嗓门亮，外似精英内是渣。

　　大约世界上最无聊的便是政客了。为了达到一己、一私、一朋、一党的目的，往往就会使出种种顽劣、拙劣、卑劣的手段，无所不用其极。

　　本来，我并未想到要写这个内容，更没有这个题目，不想香港几个别有用心的人用街头一泡两岁孩子的尿做由头，就闹得满城污秽。一直到一帮子人不顾有失自己"高雅"的身份，不顾个人的廉耻结伙到商店里面表演"拉屎撒尿"，再到把装着粪便的包裹，分别寄到了呼吁港人包容的香港商务及经济发展局局长苏锦梁的办公室和寓所。围绕一泡孩子尿，新闻、时评满天飞，政治的、法律的关系都扯上了，欧洲的、日本的、美国的事例都用上了，联系上下，东拉西扯，就好像这一泡孩子尿能"漫过金山寺"进而淹了天下似的。这还讲不讲点道德！

似乎是"你方唱罢我登场"，台湾那个"闹丧"的政客，人家的母亲去世，合家陷于极度悲痛之时，他竟私闯灵堂，口吐谰言，身作丑态，其劣行实为人所不齿！读此新闻，让我这个浸润了山东好汉血液的老拳，虽生于孔孟礼仪之乡，却也觉得技痒，真想为那丧主狠狠揍他一顿。因为这家伙一是在作孽；二是擅闯私宅。这不在于马家还是鹿家，只在其于理于法于人伦都欠揍。把这种为人所不齿的劣迹与那些拿孩子的一泡尿不依不饶的行径连在一起，是说他们都是一样的无耻政客。政客你就"政"你的，总不该"政"到连人味都没有了吧？上虐老丧，下欺幼弱，真是禽兽不如，天理难容！

一泡尿，就是尿得再不是地方，也尿不到政治上，尿不到法律上吧！你发牢骚、撒脾气，也该找个合适的地方，总不能不分场合就借题发挥，见地方就撒吧？明知不是地方却故意乱"撒"，这不是比当街撒尿的小孩子更可恶，甚至连那泡孩子尿也不如吗？吃、喝、拉、撒、睡是每个人都有的事，何况那还是个没脱娘怀的孩子啊。再说了，一群大人跟个乳臭未干的孩子计较，也实在是"为大不仁""为老不尊""为人不伦"！再看看古往今来的事实，抱孩子时被孩子尿在身上，睡觉时让孩子尿在床上，谁又能如何，又有谁如何过了？何况，哪一个人作为孩子的时候没有过这样"可爱的恶作剧"！

比利时是欧洲最文明、最发达的国家之一，也是欧盟的创始国之一，欧盟与北大西洋公约组织等国际组织总部都设在这里。而这个国家首都布鲁塞尔街头的一个世界著名雕塑就是个正在撒尿的孩子，而这个孩子雕塑之所以成为布鲁塞尔的市标，起因也是因为他撒的一泡尿。这个孩子叫于廉，据说在外国侵略者要炸毁这座城市的时候，这个光着屁股的五岁小于廉机智地撒了一泡尿，浇灭了引爆炸药的导火索，挽救了这座城市。雕塑落成于 1619 年，自那时起，小于廉就一直在"尿"着,平时"尿"水,节日里"尿"啤酒。欢度节日的人们则毫无忌讳,照样一杯啤酒接着一杯啤酒喝。洛杉矶保罗·盖蒂艺术中心的广场喷泉旁边,一个手握青蛙的大男孩雕塑,一样也光着屁股,似乎随时都可能撒尿。流行于各地的那个尿着弧线孩子的画图、影像,不也是作为洁具广告高悬在城市大街的显眼处吗! 这里提到这些例证并不是我就同意或在有意纵容随地撒尿,而是为了唤醒那些丧失人性,失去的良知的人应有的包容之心。

因为那个孩子香港街头一泡尿,许多文章中提到了美国人的公厕和公民如厕的规矩,而我此刻就在美国,所以也不妨就借机说说在这方面的所见所闻。在美国城乡街头,专门的公厕不是太多,但公园、公共汽车站、火车站、轮船码头却都有合理的设置。野外的自然保护区、建设工地、筑路修路现场、临时举行露天游园或庆祝集会等活动时,都会有移动式厕所就地安放。博物馆、图书馆、艺术馆及商店、超市、饭店、书店、加油站甚至警察局等处的厕所都可以随便进入,方便得很。有一次我们走在华盛顿国家广场附近的大街上,夫人忽然内急,儿子陪着他母亲就近进入了一个未标名号的建筑。守门的警卫问来做什么,他们如实回答说上厕所。于是经过安检,不仅放他们进去,还顺便指给他们厕所的位置。儿子出来后对着地图把那个建筑上下左右仔细端详了一下,原来刚刚进入"方便"的这个地方是联邦参议员的办公大楼,一个正宗的国家级公共设施。

不论是公的还是私的,不论是单位的还是独立的,美国所有的厕所内部都很干净,也很宽敞,并准备了现成的手纸、洗手液和纸巾,有的还提供铺在马桶沿上的纸圈。还包括专供残疾人和婴儿用的各种设施也一应俱全,而且都是免费使用。有的厕所就像豪华客厅,里面摆放着鲜花,还有供客人休息的沙发、躺椅和茶几。公厕的维护按照责任范围分别由政府或所有者单位负责,有专业部门监督检查。如果检查不合格,轻则罚款,重则停业整顿甚至吊销营业执照。

在美国,不能随地大小便和禁止不雅暴露是写入法规的。所以,无论如何内急都不能触犯这个规矩,否则就会受到口头警告,被开罚单,罚款的额度最高可至200多美元。加州大学伯克利分校曾有一位教师在停车场撒尿,警察因此逮捕了他,并将他关进了拘留所。官司一直打到州上诉法院。主审法官裁定,在繁华的商业街道随地大小便是一种公害,随地大小便对人的嗅觉、视觉和听觉都是侮辱,对公共生活的清洁、舒适、宁静都是妨碍。但法规对幼童和无行为控制能力的人是有特殊规范的,只是监护人必须负责将排泄物清理干净。所以,个别人针对男童当街撒尿而拿美国的如厕法规说事不但无耻,而且无知。

当然,即使在美国这个执法最严的国家里头,如厕人性化的"治外法权"也是有的。譬如,有一次我们外出,在高速公路上遭遇堵车,而且好长时间没有开通,看到很多憋尿的人随处下车,就地在路旁"紧急处理内部事务",负责交通执法的美国警察来来往往却熟视无睹,并不干涉。我想,那些在田间劳作的农民,在森林作业的工人,内急的时候也会自作主张采取"应急措施"进行处理,不会机械到非要找到厕所才能"方便"不可,生生地活人让尿憋死吧。

保持厕所干净和规范自己的"方便"行为,是一个人、一个单位、一个社会文明程度的体现,实际上也是自己做人的一个"脸面",一个行为标志。一个便盆可以看出家风,一个厕所可以看出一个单位的管理水平,一个如厕的管理法规也能够折射一个社会的发展阶段和人性化程度,这应该是一个很普通的道理。

文明的社会是人性化的社会,文明的公民应该是推己及人的公民,这也是一个常理。可是就在为一泡尿闹得香港满城风雨的一年之后,2015年12月12日,香港立法会会议室惊现疑似粪便,中招的议员梁继昌的座位乍现恶臭,裤子被沾污。立法会主席曾钰成对事件感到惊讶,强调秘书处调查。

似乎,这又是一个什么政客的恶作剧。不过立法会座位的粪便显然不同于孩子街头的一泡尿，在立法会发生这样的事件实在不可思议。也不知这不可思议的人参与的"法"能够"立"出个什么名堂来。

　　宵小与无耻，难得不让人不齿！

自家发电自家用

*

*

骄阳万古在空中,尽为人间作义工。

一日能关千样事,出阡入陌度轻松。

2015 年 11 月,世界各国领导人参加的巴黎世界气候大会,使我再一次关注了美国对太阳能的利用。

在洛杉矶市郊新开发的阿祖萨（AZUSA）住宅区,一幢幢造型别致的房子,栉比鳞次。在色彩各异的屋顶上,一片片方方正正的太阳能电池板平平整整,悄无声息地接受着阳光的照射,默默地为屋主人生产和输送着现代生活不可须臾离开的能源——电力。

这是房地产开发商根据一个家庭的大致用电量和太阳能发电效率的比例安装,随商品房一起整体销售的。住在这里的一位朋友告诉我,他们家房顶的太阳能发电量一般情况下就足够用的了。太阳光强的月份发电多,如果用不完就销售给电网公司还可以赚点钱,多的时候每月能收 100 多美元;太阳光弱的月份发电不够自家用的时候,则需要缴一点钱补给电网公司。

美国的家庭用电量是很大的。各种家用电器诸如电冰箱、洗衣机、热水器、电视机、电脑、空调、电磁炉、电烤箱等等每天都在使用,不仅数量多,功率也大,每月的电费就成了家庭一笔不小的开支。在房顶上安装太阳能设备,自家发电自家用,就省下了这笔开支,减少了生活成本。因为在国内习惯了用电花钱和每月交费,头一次听说家庭用电可以不花钱,有时候还能有额外的发电收入这样的新鲜事,便引起我极大的兴趣。于是,我特别认真地了解了美国家庭太阳能发电的有关情况。

在美国,安装太阳能发电装置一般可以享受 50% 的联邦和州政府投资补贴。譬如,一个家庭的太阳能连设备带安装一共用 6 万美元,自家只用花 3 万美元。按照美国的法规规定,电力公司要优先接收并全额收购新能源进入电网。电力供应过剩时宁可暂停其他传统能源,也要收购太阳能发的电。新泽西州政府还规定,从 2010 年起,太阳能发电占电力公司全部供电的比例每年要增加 2%,到 2020 年要达到 20%。如年底完不成当年指标,就要吊销营业执照,这无形中就"迫使"电网公司必须千方百计增加太阳能发电。美国联邦和各州政府之所以极力推广新能源,除了基于环境方面的考虑外,更是看到了新能源市场这个下一代产业发展的核心领域。谁先占领了这一领域,谁就抓住了未来发展的主动权。虽然现在太阳能发电比较昂贵,但技术的不断创新也完全能够使成本快速下降。有关数据表明,2006 年太阳能发电成本还为 4 元/千瓦时,2010 年就降到了 1.1 元/千瓦时,最终极有可能成为世界上最便宜的能源。

其次,我查询了中国发展新能源的有关政策。2005 年 2 月,我国就制定了包括太阳能发电内容的《可再生能源法》。其后，财政部、科技部、国家能源局相继出台了一系列扶持太阳能发电的配套政策，其中《关于做好 2011 年金太阳示范工作的通知》规定，"采用晶体硅组件的示范项目补助标准为 9 元／瓦，采用非晶硅薄膜组件的为 8 元／瓦。"《山东省关于扶持光伏发电加快发展的意见》规定，"对列入省级太阳能屋顶和光伏建筑一体化示范工程的项目，按照每瓦 10 元给予补贴。"其他许多省、市也依次下发文件，逐级制定了扶持政策。其中江西省万家屋顶光伏发电示范工程除了国家补贴 0.42 元／千瓦时外，省里的专项资金一期工程补助 4 元／瓦，二期工程暂定补助 3 元／瓦。浙江省永嘉县永政发〔2013〕282 号文件规定："居民家庭屋顶安装光伏发电系统的，按装机容量给予 2 元／瓦的一次性奖励，建成投产后前五年给予 0.3 元／千瓦时的补贴。

再次，我了解了中国太阳能发电的发展情况。其一，我国太阳能资源非常丰富，多数地区年平均日辐射量在每平方米 4 千瓦时以上，与同纬度的美国相近；比欧洲、日本优越许多。太阳能资源有巨大的开发潜能。其二，到 2007 年底，我国太阳能电池产能占到了全世界的 16.7%，太阳能电池年产量达到 1 188 兆瓦，已初步建立起完整的产业链。并且，到 2011 年底，光伏产品出口额已经达到 358 亿美元，同比增长 17.38%，在国际市场占有很大份额。其三，国家电网 2013 年 2 月 28 日决定，实现家庭与电网并行发电。可见，中国光伏发电的条件已经具备而且相当成熟，但为什么城市屋顶发电系统至今没有完全建立，自家发电自家用的目标依然遥遥无期呢？是推广体制问题，扶持力度问题，部门协调问题，环境整治问题，还是技术层面的问题？

各方面的原因可能都有，但一个重要原因是我国城市住宅高层楼多，平房、别墅的数量只占很小的比重。试想，一幢几十层高的大楼，数十、数百家住户，就那么一点点的楼顶面积，就是全部安装上太阳能发电装置又能发多少电，分散到各家各户又能起多大作用？而且即使有几家平房，有几家别墅，也大都是零星分散，太阳能发电和并网设备的安装，一样费工费时费资金，因事倍功半而得不偿失。所以，大面积的太阳能发电除了适宜在农村推广之外，最现实可行的是野外大面积建设太阳能发电站。

当然，这只是我一个外行的看法，而那些搞专业的部门和专家肯定早就注意到了这一点。有关资料表明，中国的沙漠总面积为 180 万平方公里，如果有 5% 用于太阳能发电，就可以保证全国的电能消耗。中国在向联合国气候变化大会承诺的报告显示，中国长期能源规划投资预计为 6.6 万亿美元（约合 41 万亿人民币），到 2030 年中国计划新增 9 000 亿瓦的新能源发电量，太阳能将成为主要构成部分。2015 年，中国通过太阳能发电获取的发电量占全球总量的四分之一。2015 年中国太阳能发电装机量有望达到 14 吉瓦，这相当于 14 座大型天然气发电站或核电站的发电量。太阳能技术有望在"一带一路"项目中大规模使用。

本文已经进入结尾，我又忽然想起了一个真实而令人啼笑皆非的故事。一位老兄抱着"享受低碳生活"的清新观念，兴冲冲地在自家平房顶上安装了一个太阳能发电装置，刚刚尝到不花钱用电的甜头，想不到却遭到周围楼上住户众口谴责和群起攻击。说太阳能板的光反射影响到了他们的家，损了他们的风水，阻隔了龙脉。老兄受不了那样的"千夫所指"，无奈之下只好悄悄拆除了事。

看来，在荒无人烟的沙漠发电，不仅能量大，效率高，而且还可以避开那些庸俗而不可思议的责难和干扰呢。

留住历史的记忆

*

*

留存注久载前生，睹物思人起念情。

探去寻来知底事，追高向远壮心旌。

儿子春假期间，我们一家人到堪萨斯城参观。在堪萨斯城中央火车站候车大厅，麦克格雷格教授已经如约在那里等候我们了。

尼尔·麦克格雷格是美国一所大学商学院的教授，讲授商业伦理和司法伦理方面的课程。看起来这位先生有 70 来岁的年纪，曾经在堪萨斯城当过警察、保安和防盗系统设备公司的顾问，是我儿子以前的同事也是忘年交的朋友。

堪萨斯城中央火车站始建于 1914 年，在美国的建设事业特别是西部大开发和东西部的交流中创造过辉煌的业绩，有着历史性的贡献。火车站大厅宏伟壮阔，装饰典雅，艺术的视觉冲击力十分强烈。墙上整齐排列的图画和文字，宏大与细微交相辉映,记录着车站的过去、现在和未来。列车和铁路设施,展示着车站当年的辉煌。庞大的机车模型以及巨型的制动部件供人们随意观摩和驻足拍照。两个被护栏围着的平台上,精美的模型展示着开阔的平原,隆起的山峰,奔腾的河流,自然而逼真。比例协调的铁道线纵横交错,流星般来来往往的火车穿山越岭,时而平行,时而对开,时而进入隧道,时而跨过桥梁,把众多参观者的视线拉近又推远。车站当年客货流通的繁忙的盛况历历在目。

麦克格雷格教授说,时代是变化的,社会不会永远停留在一个水平上,产业相互替代的节奏现在越来越快了。交通工具也是这样,飞机的快捷,汽车的方便,取代了火车的许多功能,乘火车出行的人越来越少,客运量持续下降,产业逐渐陷于萧条。正因为如此,铁路公司于1985年着手按照地标性建筑的模式,按照展现历史的要求布置陈列,集观瞻、博览、科普、购物、餐饮等方面的功能于一体的理念,重新设计、建设和装修。外观的形象基本保持原貌,给人们留下历史的眷恋和美好的记忆。内部布局、装饰则顺应时代,凸显了全新的特色。1999年,当这个候车大厅以崭新的面目展现在世人面前的时候,虽然候车的乘客同样没有增多,参观游览的人却络绎不绝了。

这实在是一种完美的创意。传统铁路客运(不包括飞快的高铁和磁悬浮列车)的衰微不仅在美国,在其他国家也是大势所趋无法逆转。但对火车站等铁路设施的处置却各不相同。有的弃之不用,任其荒废;有的一拆了之,踪迹皆无,不能不令人惋惜。而这里却改造成了运行中的"活着"的列车博物馆。我们乘上候车大厅的电梯,登上横过一道道铁轨的天桥四望,装满货物的车厢远近相连,一望无际。此刻,一列长长的货车呼啸着从远处而来,又呼啸着向远处驶去……

在美国游览,最让人绕不开的就是博物馆,因为这个国家的博物馆实在太多了。你随便到一个地方,哪怕是在千把人的城市里,都可能有好几个博物馆。与堪萨斯城中央火车站只一路之隔的便是第一次世界大战纪念馆,而周围数里之内还有好几家其他博物馆。从堪萨斯城到堪萨斯州首府托皮卡市,也就是几十公里,在公路上就可以见到旁边陆军指挥学院博物馆、堪萨斯大学艺术博物馆、自然历史博物馆等等指路标牌。托皮卡的预备役博物馆、航空博物馆外面,露天陈列的那些军车、坦克、大炮、飞机等等,气势宏伟博大,场面极其壮观……

　　根据美国官方的博物馆与图书馆服务研究所的最新数据,2014 年美国全国有 35 000 家大小博物馆,比 20 世纪 90 年代翻了一番。这个数字相当于全美所有的麦当劳快餐店和星巴克咖啡厅数目的总和。这些博物馆分布在美国 3 000 多个郡(大致相当于中国的县与地区之间的行政单位)。其中洛杉矶市所在的洛杉矶郡拥有 681 家,荣登博物馆数量的榜首;纽约市所在的纽约郡以 414 家屈居第二。其他前五名有芝加哥(库克郡)、圣地亚哥和首都华盛顿所在的哥伦比亚特区。即便很多偏远的小镇,人均博物馆数目也不少。比如内华达州,一个人口不到4 000 的郡拥有 11 家。如果只考虑人口超过 10 000 的郡,每万人拥有博物馆数目最多的是华盛顿州的圣胡安郡(132.3);第二名是堪萨斯州的马歇尔郡(120.0);坐拥各种著名博物馆的大城市没有一个挤进前十名的。这也从另一个方面表现出美国博物馆以及其他社会经济文化发展的全国性、全面性和均衡性,当然也可以引申为全民性。

　　美国的博物馆不仅多,而且大,许多都排在世界前几位,历年历代,各地各家都不惜投入巨资进行建设和扩充。美国的国家博物馆——也叫史密森尼博物院——包括了美国历史博物馆、自然历史博物馆、艺术博物馆、航空和航天博物馆、原住民博物馆、艺术博物馆、雕塑博物馆、肖像博物馆等 16 所博物馆,还有 1个动物园和好几个专业研究中心,形成了庞大的博物馆体系,分布在国家广场周围和华盛顿市区的其他许多地方,保存和陈列着 14 000 多万件艺术珍品和珍贵的标本。在这样的博物馆里参观,如果看了一个或几个地方就认为看遍了,看完了,那就错了。因为这么大的博物馆,任凭谁在短时间内也是看不完的。外出旅游度假总还会有别的安排,来去匆匆,不能整天地待在博物馆里面,也只能走马观花,找几个自己特别感兴趣的项目浏览一下,其他就只好等下次再来。

在美国,综合性的博物馆不少,而那些政治、经济、历史、文化、地理、自然、妇女、儿童等等分门别类的博物馆则更多。纽约的大都会艺术博物馆,就是一个艺术门类齐全的专门博物馆。整个博物馆占地 13 万平方米,共收藏有 300 万件艺术品,几乎所有欧洲大师级画家的油画作品及大量美国的视觉艺术和现代艺术作品都囊括其中。还收藏有大量的亚洲、非洲、大洋洲、拜占庭和伊斯兰艺术品,也有世界乐器、服装、饰物、武器、盔甲等等,是与伦敦的大英博物馆、巴黎的卢浮宫、圣彼得堡的列宁格勒美术馆并列的世界四大美术馆之一。这个博物馆位于纽约曼哈顿 82 街,隔着中央公园与美国自然历史博物馆遥遥相对。

如果说只要人类社会有的事情,有的东西,在美国就可能找到博物馆,这可能有点夸张,但你真是不能不为那些分类的细致和奇特所折服,让人感觉到大的奇大、小的奇小、千奇百怪,别出心裁。譬如一个童话故事如《绿野仙踪》的博物馆;一件事情如火车孤儿的博物馆;一种器物如瓷娃娃博物馆等等。有时候博物馆的主题会令人意想不到甚至认为不可能有的。譬如,在内华达州的拉斯维加斯市,竟然有一个黑帮博物馆。在许多人的心目中,美国的拉斯维加斯只是一个赌城,但却并不知道,正是因为黑帮盛行才使其逐步变成一个海内外知名的大城市邦。曾经为不少黑帮头子做过辩护律师的奥斯卡·古德曼在 1999 年当选为拉斯维加斯的市长之后,便思考着筹建黑帮博物馆并得到了美国联邦调查局的支持。博物馆以平实的手法把黑帮在拉斯维加斯横行的历史加以展示。博物馆的馆舍则是当年关押、审判黑帮的监狱和法院。2000 年，拉斯维加斯政府以 1 美元的价格购买了这幢建筑，建成了这个世界唯一的黑帮博物馆。

正是像奥斯卡·古德曼市长那样热心的政要、思想家与艺术家的推动和大批腰缠亿万的企业家、理财家的慷慨投入，热爱收藏的千千万万公民的积极参与，以及联邦、州和市等各级制定的鼓励和投资政策，才使美国的博物馆事业得以蓬勃发展，历久不衰。而大量的、各种门类和规模的博物馆也每时每刻地给予人们以历史、自然、文化、科学、艺术等等方方面面的传导、教育与陶冶。

一个人需要记住、认识、并接受自己的过去；利用、发展和发扬原有的长处；改进过去的不足；改正曾经的错误。只有这样，才能越来越进步，越来越成熟。一个民族、一个国家同样也是这样的道理。中宣部原部长朱厚泽说，一个失去记忆的民族，是一个愚蠢的民族；一个忘记了历史的组织，只能是一个愚昧的组织；一个有意地磨灭历史记忆的政权，是一个非常可疑的政权；一个有计划地、自上而下地迫使人们失去记忆、忘记历史的国家，不能不是一个令人心存恐惧的国家。

美国博物馆的蓬勃发展，无疑是担负着"历史的记忆"这个崇高的使命。

大西洋的蓝蟹鲜又美

*

*

海客生来恋大海，海鲜常啖客常来。

旅行别域家乡远，美味时从谜底猜。

    美国飞国内航线的飞机很多都是搭载百人上下的小型飞机，许多小机场也简陋而逼仄。飞机机舱的行李架连通用的标准型便携式行李箱都装不下，统统让旅客托运。而托运一件行李要额外收几十美元，商家的创收实在是无孔不入，宰客手段也是无所不用其极的。当然，各行有各行的行规，各家有各家的做法，既然上了人家的飞机，也就只好安之若素了。

    我们一家从堪萨斯城飞往华盛顿，乘坐的就是这样的小型飞机。刚下过雨，隔着候机室的玻璃，可以看见停机坪凹处的积水，飞机上沾着的雨滴还在迎着阳光闪耀。上午 11 点 55 分飞机正点起飞，飞了两个多小时，于下午两点多钟在华盛顿杜勒斯机场降落。儿子的同学小远 —— 一个在附近工作的青岛老乡 —— 来接我们。我们上了车,小远边开车边说,咱们今天吃螃蟹吧,尝尝大西洋的蓝蟹,跟我们胶东半岛经常吃的太平洋螃蟹比较一下。我们都高兴地说好,他就把车直接开到了近海的水产品市场。

美国是个幅员辽阔的国家,其西边是太平洋,与我国隔海相望;东边是大西洋。首都华盛顿就坐落在大西洋东岸,而水产品市场则在流经这里的波托马克河的入海口切萨皮克湾畔。我们来到这个市场,满目都是摆开的海产品摊位,守摊卖货的也与大街上行走的人一样,各种肤色的都有。摊上的鱼个头都比较大,一条一两斤重算是小的,皮肤和眼睛都闪着鲜亮。虾也都是十几厘米长的,有的是整虾,有的把虾头已经去掉了,只卖"身段"。那些活蹦乱跳个头很大的龙虾,在那硕大的容器里张牙舞爪,似乎在向卖者和买者提出"抗议"示威。那些蛤蜊、海螺、牡蛎等等的贝类,倒是静静地偃卧着,好像是对命运无可奈何而听任宰割,也好像在宣示对人类世界的不屑一顾……

在螃蟹售卖区,一只只"手脚"已被捆扎牢固的螃蟹有装在箱子里的,有盛在笼子里的,更多的是堆积在木制或铁制的大托盘里,个头虽然大小不一,却也分拣工致,堆在同一个托盘里的基本差不多,没有奇大,也没有奇小。这些螃蟹在当地被称为马里兰州硬壳蓝螃蟹,又叫青蟹或美味优游蟹,生长在西大西洋、澳洲的南印度洋、中美洲的太平洋海隅及墨西哥湾,外观形状与我国渤海、黄海产的梭子蟹似乎并无二致,不同的是其两支巨螯的下部以及背壳的边缘呈蓝色,大约也就因此而得名的吧。蓝蟹是美国华盛顿特区和马里兰州的重要渔业产品,也是深受当地居民和旅游观光者喜爱的特色美味。

这是我到美国见到的第一个跟国内露天摆摊卖菜类似的水产品市场。在尽情地浏览之后,我们选定了中意的摊位,这个摊位销售的螃蟹每个约半斤,大小适中。售卖的是一位因胳膊有点小伤而包扎了纱布的黑人朋友,他告诉我们说售价是8美元一打（12只）,价格与我国动不动就三十、五十多元一斤形成悬殊的对比。怪不得国内一个大款说他儿子婚宴用的大虾、龙虾、螃蟹、帝王蟹腿等等都是从美国空运的,原来连运费包括在里头还没有国内的贵。算下来省了不少钱,还赚了一个"进口大宴"的名声。看来有一些大款不仅会赚钱,还同样会赚名声呢。

按照用餐人数和够一顿吃的食量,我们告诉那个卖螃蟹的黑人小伙说就买一打。那小伙往包装的纸袋子里装够了数量,口里又愤愤地说道："死老板,我受伤了还不让请假休息,我才不管你赔还是赚呢,快点卖完了下班回家。"一边说着,一边又抓了好几个丢进了袋子,然后提着进入加工间,加入调料蒸煮去了。看来,消极怠工,发泄情绪是不分国别和工种的,发泄的方法却各有各的不同。

蒸煮螃蟹需要一段时间,趁着等待的空闲,我们走向波托马克河边,平静的河水在阳光的照耀下波光粼粼,缓缓地向大海流去。几只水鸭子"呱呱"游来,急切地等待我们的"施舍"。可是,此刻我们的手中并没有一点可吃的东西,只好低头寻找那些人们吃完丢得遍地都是的蟹螯,剥开里面的蟹肉给它们丢过去,引逗得它们甚是开心。回头,我们回到了市场,又浏览了那些虽然多样却也摆放整齐的鲜活海产,看过被水浸泡得湿漉漉的价格标签,微风吹拂,淡淡的海腥味弥漫在空气中。蒸熟的螃蟹在纸袋里透着鲜美,随我们一起上了小远的车,穿过华盛顿浓郁的林荫,驶过山水之间的高速公路,不一会儿就到了他的住处。

小远的对象小付还没有下班,孩子上幼儿园也没有回来。落座后,我们还没有来得及看看他的家,小远便说："我们趁热吃螃蟹吧,凉了就不那么鲜了。不要等,他们那几个人都不爱吃。"客随主便,我们也就恭敬不如从命了。螃蟹通体深红,螯上的蓝色因为蒸煮已经消褪。剥开来,里面塞满了蟹黄,漫散着清香;白白的肉,细滑鲜嫩。这恰似《红楼梦》里咏蟹诗句描写的那样:"螯封嫩玉双双满,壳凸红脂块块香。多肉更怜卿八足,助情谁劝我千觞。"不过诗里咏的蟹是河蟹,而我们正在吃的是海蟹。买来的螃蟹全是母的,这是我们国人买蟹吃蟹的首选。据说美国人喜欢公蟹肉多鲜嫩,因而也比母蟹稍贵。

吃着蓝蟹,喝着威士忌酒,让我自然而然地想起了我的一次吃螃蟹经历。我的家乡在胶东半岛中部,三面都离海很近,淡水资源也比较丰富,吃海鲜、河鲜都是很方便的。在所有的海鲜、河鲜中,我对螃蟹似乎情有独钟。这不仅因为其味美,也为其形盛,勇武威猛,豪迈大气,十足的侠客风度。所以每到一地,对螃蟹就格外关注,对有关螃蟹的记忆也就比较深刻。这倒也不仅仅是为好吃,还为好看。2010年国庆节,我同友人陪北京的客人到长岛。那天上岛的人多,登船晚,直到晚上8点多才来到岛上的宾馆住下。因为过了宾馆的用餐时间,我们便到了路旁一个渔民开的"渔家乐"饭店,点了几个青菜,几样海鲜。其中当然有螃蟹,是当地叫作"石甲红"的那一种。这种螃蟹我曾经吃过,壳忒硬,味忒鲜。当时那螃蟹还在装着海水的玻璃缸子里横行,看着那鲜活的样子,我们便让店家捞来煮了。本想啖一次鲜美,可是到端上餐桌吃的时候却让人大失所望,红红的螃蟹除了坚硬的壳,里面却是了无点肉。所能"吃"到的,只有残存在壳中的那点如同海水似的咸咸的汤。本来想给北京人展示一下渤海湾海味的鲜美,不想却大失颜面。用时下流行的词儿表达,似乎就算作被"打脸"了。

真正是天公作美,让我们有机会挽回了一点面子。第二天,我们乘车外出,天忽然下起了大雨,为了游览的方便,便顺路停在一家商店门口进店买伞。听口音,店主说的是我们的家乡话,通过交流便认了老乡。为了安排好午饭,便说定了请老乡帮助购买些海鲜,就放在旁边的小饭店烹调加工。中午,我们按时来到那家饭店,热气腾腾的海珍盛在盆里碗里盘里的摆了满满一桌子,除了螃蟹,大虾、鲍鱼、扇贝、黑头鱼、乌鱼等名贵海味一应俱全。剥开蟹壳，黄满肉满，香气撩人，直让北京人吃得赞不绝口，喝得面红耳赤。我暗暗感谢故土乡人的乡情浓郁，乡风传远。真是的，这年头，吃个螃蟹也要找熟人，还要念念不忘"十个公章，不如个老乡"的俚语呢！我之所以想起了长岛的螃蟹之旅，是因为正在吃着的大西洋蓝蟹如同那次老乡给张罗的那种一样肥美。

对一般人来说，吃螃蟹是一件挺费劲的事，扯螯、剥克、清腮、去除那呈三角形的"屁股"，然后还要一点点从那一层层的"隔膜"里把细嫩的肉掏出来才可以吃，操作不好还可能被扎了手，攮了嘴。所以在美国，一般超市不卖整只蟹子，饭店餐馆也不那么简单蒸熟上桌，而是做成蟹饼、蟹丸、蟹羹之类售卖，免得因顾客用餐时被误伤而惹出不必要的麻烦。有朋友告诉我说，加州一家饭店因为一名顾客滑倒跌伤，摊上官司支付巨额赔偿竟然最终破产倒闭。所以店家宁可费些事也要把那些不能吃的部分拿掉。这大约也是一种美国式的"因噎废食"吧。其他海鲜类的销售也一样，除了"中国店"之外，所有超市卖的都是经过加工的鱼肉、虾段、鱼丸、虾仁，没有卖整条鱼、整个虾的。

其实，吃海鲜尤其是螃蟹，尽管经过加工后吃起来方便，但味道却是大打折扣了。加工过后的吃，远不及整只地拿在手里，一边欣赏那红红的壳，白白的肉，黄黄的籽，一边扯腿钳螯，悠悠地啖着美味，喝着美酒那样直接，那样自然，那样惬意，那样从里到外的原汁原味。

不知有没有哪个美国人有过如此的享受。

圆圆的农田

*

*

人道当年晓驭犁，一犁直到太阳西。

今来北美观农业，小众疗得大众饥。

美国农业航拍的照片上，常常能见到地面上一个个巨大的圆盘。这些大圆有碧绿的、有嫩黄的、有深褐的、有浅灰的等等，这对于习惯以四方长条的形状来描述农田的人来说，很难一眼认出那就是一块块的农田。如果乘坐飞机从农业地区飞行，在晴朗的天空往下看，这些圆就生动活泼起来，成了难得一见的靓丽景观。

在广袤的原野上近距离看这些农田，如果事前没有"圆"的概念，则根本看不出圆的形态，而从"圆"的概念出发去寻找"圆"的轨迹，才能看出那出奇的大。沿着一个圆的边沿徒步，任你半天也走不到起步时的接点。有的圆直径达

1 600 米,折算土地面积 3 000 多亩。那里的农场,大片大片的土地都是由若干这样的圆组成。大约也是为了充分利用土地,他们还在大圆之间插入小圆,而这个小圆也有五六百亩。

我国的农田,平原地区都是成垄成行成方,看上去五颜六色,就像花格子布;山区则是层层梯田如同飘忽的彩练,逶迤连绵,环绕在坡地上,绝没有像美国这种如同圆规画出来的滚圆的土地。这种差别当然不在于土地的不同而是国情的不同。美国人口少,土地多,一般农场主就会拥有五六百英亩土地,折合成市亩就三四千亩。比较大的往往达到一两万亩。在这些土地里,有的只经营种植业,有的则农牧兼营,在广阔的土地上一边种植,一边放牧。

把农田种成一个个的"圆圈",也是当地农民在耕作实践中的一个创造。美国的农业机械发达,从耕播到管理到收获,种植业生产的各个环节都恰如其分地用机械作业,有些机械还安装了 GPS 卫星定位系统,由电脑控制,不需要人工操纵就可以工作。想象一下,每一个生产环节中,机械在一个个圆圈里旋转,像我国传统农业在打谷场上套驴拉碌碡打谷那样,就那么轻松自在地把要做的农活做完了,也是很惬意的。我曾经见过他们的麦收,小麦收割机连收割带脱粒,出粮口"突突突"把麦粒喷进运粮车,整个麦收过程没有在地头边角作任何停顿,转啊转地就完成了。

其实,实行这种圆形农田耕作制度的最主要原因是为了方便旱地农业的灌溉。美国中部地区如堪萨斯、艾奥瓦、德克萨斯等州都是年降雨量比较少的地区,需要靠开挖地下水浇灌来适应农作物的正常生长。这种圆形的农田就是以一口深水井为圆心,以自动喷灌装置的长度为半径形成的。自动喷灌装置以细长的金属水管从圆心向外延伸,按一定间距设置装轮子的支撑架。当农田需要灌溉的时候,水头喷出的茫茫的水雾像蒙蒙细雨笼罩着庄稼,滋润着土地。隔一段时间就用拖拉机在水管的尽头处，也就是"圆圈"外沿的田径上拉动喷灌装置，沿着田地旋转一定角度，一直到转完一圈。当秋收结束，冬天来临的时候，这些喷灌设施就完全地暴露在苍茫的大地上，与那些随处可见的圆形储粮仓一样，僵直地挺立在旷野之中，彰显着农业耕作的存在与发达。

当然，美国农业劳作的独特和轻松并不仅仅限于农田范围之内和农场主的自行操持，大量围绕农业的其他服务行业也配套齐全，应有尽有。种子公司、肥料公司、农药公司等等，涵盖了种植业生产的全部过程。而且，这些农业服务系统不是简单地提供物资，还可以把物资直接按技术规程施用到田里，农场主只需一个电话说明需要，相关的机构就会登门服务。就说农药的喷撒吧，大部分都是由一些小型飞机进行。那些专门为农业服务的小型机场，一个个的就像当年我国农村生产队的场院，停着几架看起来造型也比较简陋的小飞机，随时都能够见到它们在广阔的农田上低空作业的倩影。尽管这些小型飞机与大型商用客机相比小得可怜，但为了它们的安全飞行，机场周围一定范围内是不能有高的建筑和设施的。我所居住的城市郊外有几个高高矗立着的风力发电机，有一天突然矮了下来，就是因为影响到离那几公里的小镇机场的飞机安全。我曾经沿着田间小路观察那里的农作物生长。散步在田间小径上，见到两边一片片大豆枝叶繁茂，而同大豆枝叶几乎同样幽深的茅草却萎蔫枯黄，马上就联想到飞机不久前在这片地里喷洒过除草剂。

美国的农民不足全国人口的 2%，生产出的农产品却足以养活全国其他 98%的人口，并且还提供了大量的农产品用以出口，去养活其他国家和地区的人，这自然是不争的事实。尽管从事农业的人口比例已经少得可怜，但同中国一样，美国的许多年轻人也不愿意在农田当农民，不愿意留在家里继承父业，而是为了享受，追求现代社会的刺激而跑到大城市去了。但就收入来说，美国农民的收入并不低。有资料介绍说,美国农民一般家庭的年收入为 40 000～60 000 美元,与城市居民的收入不相上下。好的年景有可能达到十几万甚至二十几万,远远高于城市平均收入水平。在美国,政府对农业保护支持的力度是很大的,每年都拨付大量的农业补贴给农民,主要补助小麦、大豆、玉米、棉花等主要农作物。为了规避农业风险,政府还按 30% 的比例出资,帮助农民购买农作物保险,使农民家庭收入不至于出现太大的波动。

农场的生活是宁静舒适的。农场主家庭的住处一般都在一丛或一片高树林里头。不像中国农民的居住,或许是图相互照应,或许是为方便生产,或许是出于安全的考虑,总之都习惯于集中,最小的村庄也有几十户吧。而他们基本都是一户人家,三两栋别墅、一、二、三层的都有,颜色有红、灰、褐、奶白、天蓝的等等。建筑造型与周边城镇住宅区的房屋没有明显区别,所不同的是屋旁大都摆放着农具,停满了大型农业机械,有的还矗立着几个圆形的粮仓,粮仓的高度远远超过了住宅的高度。另外还有日常出行、旅游、运动、娱乐等等用得着的一些器材和设施,这与在城镇居住的人家基本一样,有的甚至还要多。车在公路上行驶,隔着车窗透过稀疏的树林缝隙,猛然间一座农舍进入视野,往往就给人一种童话世界般的感觉。

室内豪华的装修让人感到从辽阔的乡野一下子进入了高雅的殿堂。宽敞的客厅陈设华美,地毯、沙发、书柜、钢琴以及得体的摆件和典雅的油画,都是那样的恬适和谐,相得益彰。餐厅里有吃饭的桌椅,储物的角柜;厨房有一系列的炊具和家用电器;直通烟囱的壁炉在感恩节期间散发着火鸡焦嫩的香气。这些,合着五彩缤纷的圣诞树、圣诞礼品和浓郁的圣诞氛围,都在自觉不自觉地展示着主人的传统、现代或富有。中国传统农民习惯于追求食物的自给自足。粮食是自己地里产的;蔬菜是自己园里种的;猪鸡鹅鸭是自己圈里养的;连咸菜都是自己缸里腌的。令人不可思议的是,这里的农场主那么多土地,连开阔的房前屋后也不种一畦蔬菜,不养一只鸡、鸭,即使自家农场种植的作物,也不像我们国家的农人那样采回家一点尝鲜。家里所有吃的东西大都是就近到城镇的超市去买,正应了我们老家人说的那句"拾草卖,买草烧"的俗话。

农场主居住的地方一般离主要公路不远,从家门口连接到主路的大都是沙土路或石子路,路的出口处都立着他们的信箱。美国的邮政业特别是电商的快递业务很发达,邮寄的除了信件和物品,更多的是广告,有的往往刚收到就成了废纸,但投递者却乐此不疲。所以,每个家庭几乎每天都有邮件投进寄出,家庭信箱成了不可或缺的一应物件。农场主因为居住偏远,需要依靠投递的东西可能就会更多一些,所以信箱对他们来说就显得格外重要。为了外出的方便,他们的乘用车也更多一些。上学的孩子们都由学校的校车来往接送,自家的车子除了日常生产生活需要外出之外,就是在休假的时候拖着房车、游艇外出游玩,放松心身,调节情绪,让生活更加丰富多彩。

北美的土地是肥沃的,大片大片的农田春天绿油油,秋天黄灿灿。当然,在中部广阔的冬小麦主产区,夏天的收获季节,麦浪翻滚,也一样是黄灿灿的。这里出产的农产品种类繁多,质量也上乘。在他们的超市里,各种谷物、蔬菜、水产品、干鲜果品、蛋奶油肉等等非常丰富,而且分理加工得也比较精细,买回家下厨或是即食都很方便。大约还是因为他们的土地多,土地的复种指数和反季节种植程度低,超市里出售的物品大都是生长期比较长的,或者说进入了自然的成熟期,达到了生长充分,籽粒饱满的程度。

我小时候没有多少口福,对粗茶淡饭至今还很有感情,对几乎每天要喝的玉米面稀饭更是情有独钟,所以也就对熬稀饭的玉米面特别关注。美国的玉米面熬出来的稀饭颜色格外黄,口味醇厚,香气浓郁,不像国内家里的,颜色浅黄,口味寡淡,尽管也还顺口,却总是不如那里的喝起来感觉好。据说这除了玉米品种的差异外,还因为超市里卖的成包的玉米面里还格外添加了什么营养的物质。至于这厚重的口感是不是因为添加了"营养物质"的原因,我就不知道了。反正别的食物我是吃过了也就吃过了,没有留下什么特别的记忆,唯独对他们的玉米面稀饭,回国一段时间了还会念念不忘。

为了让我更多地了解美国,儿子给我找了一个名为《透视美国》的电视片,内容分别有"食品""交通""电力""制造业"等四个部分。对我来说,最感兴趣的还是那部"食品"。电视片介绍了美国食品生产的全过程,视频里超低空飞行的飞机上,大大咧咧的男解说员滔滔不绝地介绍着美国农业的产业流程,谷物的储藏和加工,畜禽的饲养、育肥和宰杀,水产的捕捞和处理等等,详尽而又风趣。机翼下面那一圈又一圈圆圆的土地,清晰而又生动。听着解说,看着画面,常常使人不由自主地击节赞叹,拍案叫绝。触景生情,也生发出许多感慨……

乡间，那无尽的风景

*

*

广野长川绿草原，阵风疾雨水潺潺。

肥牛骏马参天树，人入旷达心也宽。

    乡间的风景是美丽的。如果你久居城市，尤其久居在几百万上千万人口的大城市，一定要抽时间摆脱一下那些僵化冰冷的建筑、千篇一律的街道和了无生机的人造景观，还有那些无休止的喧嚣、喋喋不休的聒噪等等，多到乡间去散散步，遛遛眼，可能的话就住上一段日子，接触一下那些鲜活而生动的自然而流畅的风情物景。无论在中国还是在外国，这都是一种很不错的人生享受。

    乡间风景是大自然塑造的，千姿百态，千变万化，一地有一地的特色，一国有一国的风情，没有模仿，也没有复制。每到一地，仪态万方的景色都会像鲜美的大餐，原汁原味地奉到你的面前，没有一点虚假、粉饰和矫揉造作。偶然一点点袖珍的建筑，也都成了幽雅的似乎不可缺少的点缀，恰如其分地为乡间的自然景色增加一点妩媚。所以我在美国，更多的兴趣也是关注乡间的风景。

这样一个大国，本来就人烟稀少，人又大多集中在几个大城市里头，乡间就更显得空旷和辽远。因此，看乡间的大景观总是要乘车的。乘车看风景，如走马观花，在风驰电掣中看着无限风光排山倒海般迎面而来，又散兵游勇似地悄然退去，还没来得及在脑海里条分缕析消解融化，连回过头去再看一眼的可能都没有，感情上便会产生潜然而逝的落寞与惆怅，然后就又有了梭寻前景的渴求与向往，总是别有一番滋味在心头。

我乘车在乡间里看风景，大都是儿子在开车，有时一家人在一起，有时只我们两个人。走在公路上，看着车窗外一闪而过的树木，缓缓而来的山岭，崖下的村落，随处抛撒的民居，脑海了总会涌动起无可名状的奇思妙想，而这些奇思妙想又往往稍纵即逝，难以捕捉，无非也就像流星划过夜空，留不下任何痕迹。要想多看看这些随车而动的景色，最好的办法就是提前把视野投向远方，锁定几处凸显的物象，然后看着其渐行渐近，印象就会比较深刻。譬如你关注了远方的那个湖，就早早瞄着那个澄明闪亮的地方，他就会像硕大无朋的绿绒毯上镶嵌的一面镜子，闪耀着、蹒跚着、缓展着向你迎面而来。瞬间的相遇，便可能看到白云在湖面飘荡的倒影，看见水鸟在湖中游动的风姿。如果想欣赏一下湖边那亭亭子然的树，还可以早早盯住自己关注的看点，一丛、一株、一干、一枝，如同用目光啃噬，用意念咀嚼，渐淡、渐浓、渐近、渐远，直到在视野中消失。

有时候在铺满碧绿的一马平川，望那沿着缓坡渐渐隆起的高岗，一座红色的小木屋，耸着尖顶刺向天空，风情万种，靓丽招摇，把傲然挺拔表现到了极致。人到高处，放眼望去，岗下坡面悠远，阔野千里，境界无限。漫无边际的绿草如茵，是遍地啃着青草的牛。见不到一个牧人，那些牛就那么无遮无拦，悠闲自得地啃着草,迈着步;大约就像它们那些同样是"欧洲移民"的祖先,初来乍到,人无暇顾,就那么散漫惯了,到现在已经四五百年,可谓"积习难改"呢。我曾经到过我国的呼伦贝尔、克里克腾、达里诺尔和贡格尔草原,在那里所见到的多是一片片如同撒落的白珍珠的羊,而在这里所见到的却多是如同黑珍珠的牛;在那里我见到过奔驰的马群,在这里却只偶尔见到过了了的马匹。

一望无际的草原,感觉到处都是一个整体,自由得到处都可以游目骋怀,并不认为也不知道哪里是谁家的牧场。而牧人却画地为家,不容丝毫侵犯。我望着苍茫草原,想起了美国的著名歌曲《牧场上的家》:

我的家在牧场 / 那儿有水牛游荡 / 还有快乐的小鹿和羚羊 / 那儿多么欢畅 / 那儿没有悲伤 / 辽阔天空多么晴朗 / 听河水潺潺 / 一直流向远方 / 水中砂石闪闪发亮 / 一群美丽的天鹅 / 漂浮在水面上 / 像那梦中的仙女一样

家 / 牧场我的家 / 那儿有快乐的小鹿和羚羊 / 那儿多么欢畅 / 那儿没有悲伤 / 辽阔天空多么晴朗 / 空气明净清新 / 微风轻轻吹荡 / 送来阵阵的迷人清香 / 我永不离开 / 我那美丽的牧场 / 它是我心中最爱的地方 / 当黄昏过去 / 夜幕笼罩大地 / 天上星星闪烁光芒 / 星空多么壮丽 / 令人无限神往 / 但是比不上我的牧场

家 / 牧场我的家 / 那儿有快乐的小鹿和羚羊 / 那儿多么欢畅 / 那儿没有悲伤 / 辽阔天空多么晴朗 / 辽阔天空多么晴朗

1972 年美国总统尼克松访华的时候,欢迎乐团曾经演奏过这首歌曲,因而有人在许多年之后依然耳熟能详。

我还想起了 2014 年 4 月发生在内华达州的牧民保卫自家牧场的事情。这事的起因是联邦政府认为牧场主违法使用土地,牧场上的牛则影响了沙漠龟的生活,于是动用了大批警察和直升机对牧场进行清理,围捕正在吃草的牛群。而牧场主克莱芬·邦迪则坚称自己没有错，于是引发了大规模抗议。抗议者有从各地赶来的人权主义者，有骑马的牛仔和黑帮，各拿着武器与警方对峙。整个事件最后以警察撤出，发还已捕扣的300多头牛而告结束。可见美国人保卫自己牧场财产的意志。

也是在2014年的4月，我同儿子从劳伦斯赶往康科迪亚的家，一路上夜色朦胧，远远望见斜前方一根根数丈高的火柱。稍近，才看出是草原在烧荒，熊熊的火焰被旋风卷着直冲云天。北美草原的冬春季节，烧荒是屡见不鲜的。烧荒，就是在牧场点上火，把秋冬留下的那些干枯的草叶、草梗焚烧干净。因为如果不烧光，干硬的草梗就可能扎伤牛的嘴或眼，牛群还会绕过枯草遮盖的地方转到别处去拣那些新发的嫩草吃，导致牧草的生长不匀。另外，焚烧过后的草炭灰也是很好的肥料，有利于牧草更好地生长。尤其春季新长的嫩草营养丰富，牛吃了长膘增重就会更快。大火还会烧掉牧民不喜欢的杂草和各种小灌木，烧死潜藏在草丛的跳蚤和寄生虫。这也就无怪乎那茫茫草原不舍昼夜地"狼烟"四起了。我曾经观察过烧荒后黑黝黝的土地，细小的草芽从烧荒的余烬里生发出来，彰显着旺盛的生机。

在乡间的风景里乘车穿越，你可以张开想象的翅膀，任天马行空，独来独往，让思绪飞扬千里万里而无所顾忌。就像美国的高速公路，只要不违章不被罚款，基本都不收费，也没有那么多关卡，任你走千里万里。但是要细看，要恬然地享受自然，就只有在消闲的时候，一个人漫无目的，自由自在地信马由缰了。

这真是一个好的办法，至少我是这样认为。多少年来，我基本每天要独自走一走，消散一下，接触一些自己感到新奇的景象，遇上熟人自然也可停下来聊一聊。离开家到别的地方，更是要利用好所有的空闲，时所能及，力所能及地到处走一走，看看此地此时的风光和风土人情，在美国当然也是这样。每到一地，安顿好了,就先要出去看看。外出散步,最好的时间是早晨。早晨是清新的,也是清静的。当太阳还没有出来,多数人还在梦境里的时候,独自沿着空无一人的街道走向望无尽头的乡间小径。耳边悠扬的鸟鸣,足下晶莹的露珠,近处池塘的蛙声,远方村舍的犬吠,满眼的云蒸霞蔚,处处令人惬意。无意中猛然入眼的奇观异景更是摄魂动魄。

我从堪萨斯城走到郊外,披着浓重的晨雾进入了田间小路,尘土合着朝露沾上了鞋子,弄脏了裤脚。泛白的朝日挂在远处的树梢,如同刚醒来似地无精打采。洋槐花的清香随着微风飘来,山鸡的"咕咕"声沉闷而悠远。我独自走路,不论是踏着泥土还是砂石,走过了就是一点有趣的经历。田间小路两边的农田,春播的作物已经长出了浓密的叶子,而头年秋天的玉米地却并没有再耕作。蔓延的茅草和肥硕的野菜到处疯长。地头农用机械的履痕依稀可辨,丢掉的玉米棒子半掩在土里,蓦然勾起我对粮食的珍爱之情。即将收割的麦子透着成熟的芬芳,闪着晶莹的露珠,黄缎子一样铺展向远方。我越过一道沟坎,无意间一阵急促的马嘶惊扰了我神游的思绪。抬头一看,自己已经走近了一个农家,或者说是一个村落。

这个村落只有相距不远的两栋二层小楼,没有院墙,也没有画栋雕梁,原木板做成的门、台阶和栏杆结实而大方。房屋周围的开阔地停放着各种农业机械,拖拉机、播种机、收割机等等和一些配套机具。与农机具间隔停放的还有几辆轿车车、一辆房车和一艘游艇。开阔的围栏里,几匹马在悠闲地啃着青草,两只凶猛的黑色大狗狂吠着似乎要冲出犬舍。我无意打扰屋子里的主人,别过村落,继续走着那迷人的田间小路。

美国中西部居民的房子大都是稀稀拉拉的,几百人的小镇往往就占到几十平方公里的地方,城市的住宅也多数比较分散。所以,如果不是在特别大的城市中心，看乡间的景色是十分方便的。那一次我们去华盛顿游览，住在郊外属于弗吉尼亚州的小镇上，穿过宁静的厂区进入浓荫密闭的道路，沿着任何一条都可能进入无尽的原野。头一天夜里刚下过一场雨，湿漉漉的道路随处可以看见雨水打落的树叶和枯枝。这是一条坡路，一边是岭，一边是河，两边都长满了茂密的树林。我走在河岸上，看着河里淙淙的流水，滋润着水边静卧的巨石；水面横倒的树木，激起了簇簇浪花。我索性下到河谷，在水边的石头上坐下来静静地观察水流的纹理和不时游过的大大小小的鱼。再沿水边的小径溯水而上，没膝的丛草簌簌窣窣，挂满草叶的露珠——或者说是雨滴——直落到脚下，短裤的下沿也只好任其湮湿。忽然，四只加拿大鹅从左前方"扑啦啦"飞出，惊叫着跳进水里。这种肥胖而笨拙的大鸟在美国十分常见，体态好像比饲养场的家鹅还要大，湿地、丛林、水畔，随处都能够看到它们摇摇晃晃绅士般踱步的姿态。

乡间的风景是自然的，也是人文的，而人文的信息——民俗、乡情、习惯等等——往往就能从自然里透露出来。譬如那随时随地从树林沟坎或岩穴窜出来的成群结队的兽，飞起来的铺天盖地的鸟，说明人们热爱自然，保护生态的习惯已经养成；那一望无际的农田，漫山遍野的牧牛，折射出了现代大农业的体制；那散落在田边、林下的野菜、野果，自生自息，自长自落，说明这里的人不仅不吃野菜，也不吃野果。

我见到过长在河边高高的桑树，紫色的桑椹落满了树下。顺手摘下几颗放到嘴里，甜甜的也带有些微的酸……

后 记

*

*

经过较长时间的写作、修改，这本书稿终于完成了。值此之际，我深深地感谢我的良师益友和我的亲人——

感谢闵凡路老师为本书题写了书名。20世纪80年代，我在县委宣传部做新闻工作，受《半月谈》杂志的影响较深。那时这本杂志是闵凡路同志任总编辑，我便一直引为老师。后来，闵老师担任了新华社副总编辑兼国内部主任，我则另做他务，便无瑕新闻写作了。2008年，我在南阳参加全国第22届中华诗词研讨会，得知刚刚创办的《中华辞赋》杂志也是闵老师任总编辑，顿生亲切之感。之后，便与闵老师有了书信来往。前些日子，我贸然请求老师题写书名，就有了这一珍稀之墨宝。

感谢周相如先生为本书的书名提出了关键性的建议。我与相如相识于20世纪70年代那个倡导"开门办报""群众办报"的时候，以后便往来不绝。当这本书的书名一直在"记实""纪事"之类的老生常谈中徘徊的时候，我把作为序言的《掬一捧清风明月回故乡》请他谈谈看法，他立刻就建议用这个作书名，说这个灵动、鲜活而且别开天地。我觉得也是，不能老那么陈陈相因，穿新鞋走老路，就这么定下了这个书名。

感谢孟广春老弟一家从写作材料的提供和采写条件的安排及相关方面给予我的许多支援；感谢相关方面的朋友尽自己所能在资料的搜集，照片的拍摄与制作，书稿的印制、装订和相关的联系联络给予的热情帮助；感谢出版社及编辑朋友的精心审核和编辑处理，为本书增光添彩；感谢我的亲人在我写作过程中给予的各种支持和关心……

人常说"多个朋友多条路"，我倒觉得良师益友和亲人多了就会左右逢源，需要什么就可以有什么的。待本书出版后，还需要请诸位读者朋友提出宝贵的意见和建议，给予批评指正，在此一并表示感谢。

宫泉激

2016年8月11日